디지털, 호흡도의 산란기

詩夢 (2022년 통권 제5호)

複合象徵詩專門雜誌

 중국 조선족복합상징시동인회

중국 조선족복합상징시동인회 조직구성

회　　장: 김현순
부 회 장: 윤옥자
　　　　　이순희
　　　　　김소연
사무간사: 정하나, 류송미

詩夢잡지사 편집진영

주　　간: 김현순
편집위원: 윤옥자, 이순희, 김소연, 정두민, 조혜선, 신정국
책임편집: 백천만
디자이너: 김지은

주소:
中国吉林省延吉市建工街开发区水晶嘉园 4-3-602
전화: (86) 0433-832-1123 (편집)
　　　(86) 186-0433-1682 (주간)
E-Mail: smong68@163.com
우편번호: 133000

詩夢

(2022년 통권 제5호)

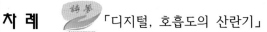

「상징의 숲 너머」
複合象徵詩에 주소를 묻다

□ 墨 香

상징의 존재는 문명의 체현일 수밖에 없다. 일찍 인류에게 언어가 생기기 전에도 인류는 손짓, 몸짓에 표정을 동반한 제스처로 자신의 뜻을 전달코자 했을 것이다. 훗날 언어의 출현은 상징의 깊이와 너비, 높이의 표현에 더욱 유조(有助)하게 되었다. 하지만 그 어떤 표현도 내심의 경지를 보여주기엔 역부족이었다. 그리하여 인류는 부단히 자신의 심적 경지(心的境地)의 표현을 위하여 노력해왔다. 그 것의 절실한 표현은 적나라한 표현과 은폐된 표현의 혼용이었다.

인류는 자신의 경지(境地)를 속되지 않고 보다 멋스럽게 펼쳐 보이고픈 본능적 욕구의 만족을 위하여 다양한 예술의 양식(樣式)을 고안해내기 시작하였다. 그렇게 산출된 작품들은 또한 세상과의 공감을 구축하기 위한 모질음을 아끼지 않았다.

예술의 한 형태인 복합상징시의 출현은 결국 상징으로 꽃펴나는 인류문명의 필연결과로 초래된 것이라고 보아야 할 것이다.

주지하는 바 문명사에서의 초기상징은 단순상징이었으나 점차 복합상징의 길을 걷게 되었다. 그렇게 되는 것은 자아표현을 위한 본능의 발산사유(發散思惟)가 그것을 필수(必需)로 하기 때문이다.

발산사유(發散思惟)의 근원은 환각에 있으며 그것의 초기단계는 무질서한 것이었다.

프랑스 철학자 질 들뢰즈(1925~1995), 피에르 펠릭스 가타리(1930~1992)는 「천개의 고원」에서 수목 이분법으로 주장하는 「이좀의 원칙」(1)으로 세상의 무질서, 무중심의 복합구조에 대하여 언급하였으며 오스트리아의 심리학자이며 신경과 의사, 정신 분석학의 창시자로서 정신분석의 방법을 발견하여 잠재의식의 심층 심리학을 수립한 지그문트 프로이트(1856~1939)는 무질서한 잠재의식과 무의식의 나열상태로 인간의 사유가 흐른다고 「꿈의 해석」(2)에서 지적하고 있다.

이 같은 발산사유에서 인간은 자신의 영혼경지를 나름대로 구축해가게 되는데 그것은 예술차원에로의 상승을 꾀하게 마련이었다.

발산사유의 무질서한 흐름 속에서 화자의 심적 경지(心的境地)를 구축할 수 있는 매 하나의 이미지들은 단순상징이었다. 하지만 그것들은 필연코 복합구성의 상징으로 정체성 구축을 실현할 수밖에 없다는 것이 구조주의자들의 이론이었다.

인간의 심적경지(心的境地)는 반드시 복합상징의 구현물(具現物)이라는 점은 스위스 언어학자 페르디낭 드 소쉬르(Ferdinand de Saussure, 1857~1913)가 「구조주의 언어학」 이론에서도 언급한 적이 있다.

세상에 살면서 현실초탈의식은 인류의 삶 속에 깊이 뿌리를 내리고 있다. 그것은 또한 인간의 욕망실현에 대한 욕구로 연결되면서 예술로서의 시문학으로서의 가치실현을 꾀하게 되었다.

전위예술로서의 아방가르(Avant-garde) 후속작업인 복합상징시는 인간정신영역의 이차원(異次元) 경지를 구축하는 신형 유파의 시문학에 종속된다고 해야 할 것이다. 환각의 변형이미지에 바탕을 두고 있는 복합상징시는 능동적 가시화(能動的可視化) 실현에 궁극적 포인트를 맞추고 있음을 역점 찍지 않을 수 없다.

복합상징시는 어디까지나 언어를 토대로 한 표현예술이라는 핵심고리를 틀어쥐면서 내함과 외연의 변형을 실현하는 것으로써 화폭의 상징조합, 스토리의 상징조합, 이념의 상징조합, 서정의 상징조합을 유기적으로 결합시키고 있다.

중국 연변이라는 자그마한 귀퉁이에서 고고성을 울린 「복합상징시」라는 새로운 명사의 출현은 시문학 영역의 한송이 꽃으로서 세상에 진한 향기를 보태주게 될 것이다. 이런 염원과 확신으로 복합 상징시의 새로운 장(場)을 열어가며 본 호 「詩夢」 문학지의 권두언을 이로써 대신 하는 바이다.

주해:
주해 (1) 김재인 역, 「천개의 고원」, 새물결출판사, 2001.
주해 (2) 이환 역 「지그문트 프로이트」 돌을새김출판사.2014.

김현순 시 한 바구니

디지털, 호흡도의 산란기

올라갑니다 내려갑니다
계단 밟는 소리가 중생대의 쥬라기를 깨운다
빌라 사이에 웅크리고 앉은 정자 마루에
소낙비 후려치는 음성으로
모멘트의 창(窓) 닦는 손 떨림이
숙녀의 아침 더듬어 갈 때
행복합니다 즐겁습니다 속살거리는
이슬의 합창… 대나무 얼룩진 역사가
어둠 거머쥐고, 꺼져버린 가로등 밑에
빛 되어 누워있다
빙하(氷河)의 고르로운 잠꼬대가
툰드라 가슴에 별찌 한 알 심어 가꿀 때
작열(灼熱)하는 우주의 종말엔
나미의 순간 불태우는 휴지부…
시공터널에 음악으로 머무르는
제야의 종소리는 망각의 아픔 잊는다
바라볼 수는 있어도 잡을 수 없는 존재이기에
신기루의 색상, 보랏빛 하늘
무지개로 덮어주고

태고의 전설 속에 인연으로 반짝이는
허겁(虛怯)의 연륜…
만남과 이별의 무모함으로
존재의 엘리베이터 꺼내 닦는다
스크린도어의 손잡이가 형체 감춘 사실은
지하철 입구에 적히어있다

붓다의 진로(眞露)

입이 쓰겁다고 했다
구토증도 있을 것 같다, 안 됐구만…
라고 하는, 귀동냥이 안개에 실려 하늘 오른다
워낙은 젖살 오른 심야의 볼륨이었다
도서관 안쪽 켠 영혼의 복도에서 들려오는
허겁(虛怯)의 빛 쪼개는 아픔이었다
그것은 또한 이슬 받쳐 들고 흐느끼는
나방들 헐벗은 기다림이었을 수도 있었다
그러나… 미리내 닮은 밤의 촉수
부룩송아지 어미 찾는 메아리는
그리움의 지싯거리 떨쳐버리고, 언덕너머
먼 들판으로 굽을 놓는다
바지춤 거머쥔 강단의 분필가루가
입다문 흑판의 베일 벗기는 순간…
다리아랫소리가 다리머리 하고
다리품 잡는 행적은, 아킬레스건 잡아쥔
고독의 몸부림이었다
닦달 맞은 단가마의 단거리 기다림이
불 켜들고 비춰보는 미인의 그림자

비 내리는 초저녁의 도담한
사념 가우리, 그 솟대에 나부끼는 이름은
송홧가루 날리는 윤사월이었다
스님의 손아귀에 허영(虛榮)…
움켜쥐어 있었다

설련(雪蓮)

아직도 얼마나 많은 적들이
총구를 겨냥하고 있을까
그는 어둠을 적이라고 감히 말할 수 있는
용기를 가지고 있었다
그러나 아직 책상 모서리엔 달빛의 메모가
이별의 전주곡 다독여주었을 것이고
물막이 수토공사엔 설계도가 없어도
아아~ 정말… 하면서
고개 내민 헐벗은 돌틈의 거룩함에
입 맞춰주었을 것이다. 그때…
흰 눈의 도고함에 무릎 꿇을 수밖에 없는
억겁 고행(苦行)의 수라장에서
하늘 한줌 움켜쥔 제스처가
기억 다독이는 메아리로 나부꼈을 것이다
설산의 아픔도 상기시켰을 것이다
거쿨진 철학의 놋쇠가루가
아침의 손톱눈에 향기
들어부을 때, 눈물 뿌려 돌아서는
가난의 얼굴…
행복 불타오르는 그 시(詩) 속에서 겨울은

용케도 모락모락…
봄을 잉태하고 있었다
사랑방정식엔 흑판의 침묵도
잠들 수 없었다

미로의 창(窓)

가슴이 달랑거린다는 건 빛의 유혹
그에 대한 반응이라고
건너 켠에 앉은 신사의 슴벅이는 언어가
매일신문 톱기사로 적히어 있다
다음 역은 을지로 3가, 탑골공원이 이 역에서
멀지 않은 곳에 잠들고 있다
지하철 어둠 뚫는 동음(動音)이
서울 시가지 허리를 휘감고 달린다는 느낌은
일상의 마디에 담뱃불
비벼 끄는 동작이라고 해도 좋았을까
혹시 미리내를 아시나여…
조심스레 묻는 숙녀의 아침이 옷 벗어
손잡이에 걸어둘 때, 인사동 뒷골목
삭힌 홍어 썰어 올리는 마담의 노긋한 목소리도
막걸리 컬컬한 시간 움켜쥐고
간밤 꿈빛 흔적 닦았을 것이다
성대(聲帶)가 약간 떨린다는 건
그래도 이별 어루쓰는 순정의 메아리가
밤색 우주에 별빛 쏘아올리기 때문이라고
답해줄 수 있었으면 좋겠다
플라타너스… 그 너른 잎새의 안녕으로

계절의 문안 다독여주며
사랑 사랑 내 사랑, 열차는 달리고
와인 익는 그리움의 언덕에
여자의 이름은 돌아와요 부산항에…
노래의 눈물어린 한 소절(小節)이었다

가을비에 손 내밀어

어둠의 씨앗이 빛을 잉태하고 있다는
현실이 복도를 걸어간다
이슬 덮인 언덕길 이정표에
쑥꾹새 나이테…
고고학 변증법에는 구름의 입덧 안받침 되어있고
낙엽 지는 음영(陰影) 속에 지구의
공전궤적, 그라프의 이름으로
꿈을 잡는다
모든 것이 다 내게로 왔다가
신들메를 조인다
모닝커피 한잔 속에 아침이 태동하고
역전 광장 옆 여인숙 아가씨의 옆채기에서
손수건이 길을 덮는다
창밖 아카시아나무 가시에 사막
옷 벗어 걸어둘 때
무모한 인사는 바닷새 비나리 길게 울며
솟대의 한적함으로 우주를 받쳐 올린다
시공(時空) 터널의 비말(飛沫)이
그곳에 깃 펴고 있음을
먼먼 방랑의 이별가는
바람 접어 등불 심지 돋구어 올린다

살아간다는 게

씨앗 쪼아먹는 병아리 주둥이에
햇살이 꼬불딱이는 걸
바람은 보았다
꽃잎 들어올리는, 손목 끊어진 마디에서
낮과 밤 손잡고 걸어나오며
반지(戒子) 굴리는 소리가
우주 흔들어 깨움을
점찍어둔다
보랏빛 회한의 하늘아래
갠지스강 순례자의 다비하는 모습이
極樂에로의 歸依…
그 幻影의 숨소리가 다시
물 되어 기슭 적셔줌을 전율하면서
나무관세음, 똑도궁…
염불의 메아리로
나팔꽃 미소 웃어주었다
이제 또 만날 수 있을까, 안개의 미로
첫사랑 섬섬옥수같이
보드라운 시작이
사막의 배꼽에 바닷물 쏟아 부을 때
인생이란 무엇인가 낱말 속에
티끌의 이미지 새겨 넣는다
지구라는 行脚僧 패션 앞에서
煥承驛의 아픔을
떨며 보듬어본다

심전도(心電圖)

사막의 틈서리에 쪽빛 스크랩하여
바다의 목소리 흉내낸다
잊었다고 말해도
난투극(亂鬪劇)의 역사는
파도의 눈물 보듬는다

모나미 볼펜 글 토해내는 소리가
화폐 인출기에 카드 꽂을 때
그땐 벌써
아주 오래전에 답해주었노라고
초침의 입덧으로
별빛 허리 감싸주시겠지

회한(悔恨)의 레코드판에
멜로디의 흐느낌, 연륜 그려가는 것은
비인 공간 깨우기 위함이라는
슬로건(slogan) 계시록이
정오(正午)의 하늘 내리비추기 때문일 꺼다

천도야사(遷都野史)

지구의 범람, 그 속에
나트륨 꽃잎 부서지는 소리가
파도의 날개를 접는다
우주의 바다, 그 기슭에 모로 누운

사막의 뒤척임…
신종 비루스(virus)의 속살 타들어가는
빛의 내음새가 탯줄 끊고
우주를 잠식시킬 때
휴먼문명이 검증해낸
증발의 미소…
고온(高溫)현상이 녹여낸 콜타르 향기가
어둠의 경전(經典)에
침을 찌른다
히프의 지축 엇바뀌는 이차원(異次元)
곬 깊은 메아리에서
태초의 아침 이슬 꺼내어
가슴 닦는 소리가
섭리의 평형에 단추를 벗긴다
아픔은 없나니…
슬픔은 무너짐을 웃나니…

막창의 등불

기다림의 그림자가 창(窓) 닦는 소리
이슬 빚는 안개의 손, 젖어있다는
사실 앞에서
명상(冥想)의 떨림…

다가서는 메모의 깃털
젊은 날의
그 숨결이
존재의 이유를 묻다

짭조름한 일기(日氣)의 언덕 위
사랑새 입덧하는 요정의 숲 향기가
파도의 흔적 따라
사막에 시동 걸 때

기억의 시간
사로잡히고

우주의 눈, 언제나 꺼져있는
그리움의 생채기에 별 되어 빛난다

조롱박의 비밀

우주의 철거작업에 불이 달렸다
비 내리는 저녁 어스름이
피아노 건반 위를 건너뛴다는 놀라움이
하늘 짚고 일어선다
꽁보리밥은 기억의 시렁 위에 매달아두고
누굴 주려나, 소복소복
눈이 내린다
보은(報恩)의 날개는 파도입니다…
라는, 기왓장 번지는 소리가
잎 찢긴 향(響)으로 들을 덮는다
계단 밟는 바람소리가
구름의 안녕으로
세기의 창(窓) 열어가는 시점(視點)에서
마사지의 멜로디는
허무의 들 가려 덮는 무상(無常)의

파노라마에 입 맞추며
댄스의 무게를 심어 가꾼다

붕붕…

이름의 숲에서 옷 벗는 그림자
라고나 할까
햇살의 발레 안고
안개 속 거닌다고 빛을 쏘아라
사막의 넌출에 매달린
짭조름한 바다, 그 오렌지 날개 밑에서
이슬 으깨지는 반역도
어둠 밟고 지난다는 가상 앞에서
금빛 우주 매달아두는
손 맵시로
사과배 따는 처녀의 가슴
스크랩해둘 것이다
오리지널 하늘 언덕에 가을 한 접시
풀어놓을 때…
계단 넘는 음색의 투명함엔
타임머신 찌르는 꿀벌의 날카로운 키스도
꽃잎의 미소로
별 되어 흐를 것이오니
바람의 배꼽에 씨앗 한 알 심어
가꾼다는 것은
천 하룻날 밤 문전에 쏘아올린
그리움의 낙서일지도
모를 일이다

초침의 날개엔 무지개의 부름이
결코 보이지 않으리

미로의 픽션(fiction)

그것이 아픔인줄 알았더라면
바람에 입 맞추는 일은 없었을 것이라고
이슬이 꽃잎에 편지를 쓴다
어둠의 배꼽 그 먼 곳에서 빛이 꼬불딱
기어 나올 줄 알았더라면
밤 쪼개어 겨울 불사르는 일은
없었을 것을…
타다 남은 우주의 잿빛 하늘에
후회와 연민 별 박아 두고
홀씨 되어 날아가는 청잣빛 사랑
티눈 박힌 장미가 사막 찌를 때
사금파리 반뜩이는 가슴팍에서
파도는 귀 기울여
역사의 흐름 고른다
나비의 순정, 여린 봄 잠재울 때
삼동(三冬) 떠난 그 자리에 백일홍 봉선화
눈 뜨는 소리…
구름이 그러안고 먼 바다로 여행 떠나도
소금꽃 하얀 향기를
바위섬은 말없이 나이테 판막에
잠행도(潛行圖) 그려 넣는다

어쩌다가

춤추는 하늘이 날아내림을 보았다
소망 펼친 가지마다에 문안으로 꽃펴남을
아침 문전에 걸어두었다
풍경(風磬)으로 오래 울리는 하얀 숨결
차갑게 얼어 있었다
잎과 뜻이 찢겨 저마끔
허공에 낙서하는 넋의 부드러움
돌피리 구멍마다에 선율되어
침묵의 향기를 감싸줌에 감사했다
만나고 헤어짐이 잿빛하늘 취하게 하던
그런 날이었을까
여자의 섬섬옥수에 남자는 울컥했다
그러나 추억은 눈발 되어 기억 나부끼고
후미진 골짜기 밑바닥에는
상징 앓는 아리스토텔레스 따끈한 말씀이
빙하의 흐름새로 굳어 있었다
다시 바람의 고요
영하(零下)의 온도에는 수은주의 키가
움찔하는 목소리로 지구의 허리
그러안고 속살거렸다
약속은 으깨져 우주의 가슴에
별꽃 하나 달아주면서
윤회(輪回)의 섭리…
다비식(茶毘式) 안고 불타올랐다

알라딘의 금등잔

천년 사직이 꽃잎으로 말려나온다
고추씨의 매운 꿈 놀빛에 젖어 있다
사공들 뱃노래 구름에 실려 가고
바람의 농간(弄奸), 울바자 나팔꽃으로
새벽을 연다

휘청이는 지구의 메아리
궤도의 탈락이 공간의 허벅지에
이슬 매달아 주고

하이퍼텍스트의 새로운 질서가
상징의 숲에 개똥벌레 몇 점
우주의 미소로 불 밝혀 둔다

아폴리네르

세느강 물결 흐르는 소리 들으며
그림자의 잇쯤 사이로 휘파람은
새어나갔을 것이다
미라보다리 아래로 봄향기가
우주를 손에 감고 지나는 순간들이
사막의 편린으로 시간 장식해 줄 때에
목소리의 임자는
바다의 파돗소리 흉내내었을 지도
모를 일이다

어둠은 흐르고 빛은 남아
밤하늘에 별들 노랗게 구워졌는지도
알 수 없는 일이다
허무의 문 열고 가슴 헤친 시어들
그래서 우주의 허벅지에
바람 섞인 놀빛의 속살도 립스틱으로
터 갈라진 입술에 향기
발라주었을 것이다
이 밤도 찬송가 부르는 소리가
성에꽃 기도로 새벽 흔들어
잠든 우주 깨워 줄 수 있을지는
수수께끼라고
초침이 점잖게 박자를 친다

김현순:
중국 조선족복합상징시동인회 회장. 중국 연변조선족자치주조선족아동문학학회 회장.
象徵詩專門誌 「詩夢」 발행인, 주간. 兒童文學專門誌 「아동문학샘터」 발행인, 주간.
이론저서 「複合象徵詩論」, 시집 「샤갈의 물감」 등 십여권 출간.
해내외 문학상 수상 다수.

첫사랑 (외 11수)

□ 윤옥자

흑조(黑潮)의 거대한
물줄기 장단에
태평양 원무(圓舞) 하늘 돌리고

높이 든 기수의 채찍 끝에
굽이치는 말무리들 파도가
후룬베이얼 초원을 안고 돌아간다

불꽃 튀는 네발굽이 선을 그으며
세상을 열어가는 별 하나

꽃을 물고 날아간 화살이
부메랑 되어 돌아오고
안개는 짙어만 가는데

휘파람 포효하는 잔등에
천리마 고삐 감아쥔 치맛자락이
미지의 꽃길 헤쳐간다

시조새의 전설

짜작짜작
비틀배틀…
쬐꼬만 발이 커가면서
어느 날 설자리 없는 땅을 발견했다
아찔한 절해고도(絶海孤島)에도
안식할 자리는 결코 없었다

혈액이 넘치는 용천혈은
밤마다 신에서 나온 발을 안고
집채 같은 바위에 올라
허공을 영토(領土)로 갈고리 발톱
만들기 시작했다

잘 갈고닦은 보람으로
자라고 강해진 변신은
어둠에 뿌리내리고
청춘도 희망도 다 마셔버린
어느 날, 새는 날개를 펴고
이륙하려고 하였다

순간…
모든 족장은 땅의 주인이라는 표어가
빛 발린 고독을 바람의 벽에다
오려 붙이고 있었다

그리하여 새는 세상에서
제일 예쁘고 멋진 사람의 신을
신게 되었다

내륙하(內陸河)

바람의 푸념에
볼륨 낮추는 사랑의 수은주
파란 꿈이 아픈 시간을 견제하고 있다

속세의 물결 속에
노 젓는 쪽배

메아리 없는 빈 노래는
긴 세월로 이어져
꽃은 피었다 시들고
시린 눈물과 너털웃음이
공존에 입을 맞춘다

골짜기 흐느끼는
자갈땅 안개 속에
숙명은 길이었던가

부엉새 울음에 바다로
흘러들고픈
아아~ 눈물 깁는
타리무 강이여

무지개

숙명의 꽃길에

소낙비 쏟아질 때
초록빛 울음소리 벌판을 누빈다
불협음이 못 박아 흉터 무성하고
흘러나온 재즈음악이
혀 풀어 채찍 휘갈길 때
청춘도 희망도 다 마셔버린 날
바람은 날개 접고…
밖에는 가을비 내려도
나무에 매달린 몇 잎 안 되는 푸름이
여름철 녹음이란다
우주를 지배하는 중력과의 싸움
시간은 계절 물고 블랙홀 달리는데
고독에 붙은 불
세상의 협곡 넘는다
험하고 멀어서 더 아름다운
욕망의 계단 길이여
서광이 비치는 하늘가에
철새들의 노랫소리 깃 펴고
봄을 나른다

사랑의 무영탑

함께 있을 때가 얼마나 소중했는가를
이슬 떠난 꽃잎은 햇살의 입맞춤에
향기의 떨림 울어주었다
어깨너머로 바람이 나뭇가지 부여잡고
흐느낄 때에는
풍요롭던 별빛사연 떠올릴 수 있어

이별의 무상(無常)은
이른 새벽의 설렘 잊지 않았다
서로가 떠나서는 못살 것 같다는
언약의 뉘앙스가
무지갯빛 하늘에 깃 보듬을 때
그리움 앓는 시간들이
벌레 먹은 고독 길들여갔다
이제는 마주보기만 해도 가슴 설레는
영겁의 메아리가
자줏빛 기억 갈고닦아
어둔 밤하늘에 별꽃 총총
수놓아간다

조반(早飯) 한나절

오롯이 모여 앉은 식탁에는
햇살들의 딸꾹질도 있었다
쉰내 나는 공간의 묵은 기억들이
그릇들 분배에 입맛 다져넣던 순간들을
숟가락과 젓가락의 부딪침으로
답례해 올리고
눈치 보는 괴로움의 낱말들은
입 다물어버렸다

윤기 도는 질서의 침묵엔
콩알 한 알도 쪼개먹는다는 전설 같은
노래가, 배려의 입덧으로
일상의 분위기를 눌러주었다

부모형제 한데 모인 나날이
명절의 문고리에
색실 매달아주는 시각임을
창밖 갈잎새의 채술이는 노랫소리가
아침을 쥐고 흔든다

처절함의 놀빛

그 무거운 무게를 어떻게 감당했을까
울바자의 가녀린 허리가
지탱하기까지
용기의 버팀목엔 바람이
목놓아 울았다
촘촘히 들어선 단층집들 사이로
좁게 뻗은 골목길
퇴창문으로 들려오는 사랑새의 비명소리가
사납게 짖는 개의 으르렁거림에
울타리 밖에서 급촉한 시간이
비명 지르고 있었다
모성의 몸날림에는
그 높은 용기의 벽이 키를 낮추고
맨발로 달려가는 체중의 감당에는
겁먹은 사연들이
길 비켜주었다
그날 다섯 살 난 아이는
이빨 사려문 검둥이의 발밑에 깔린
무시무시한 시각을
경험해야 했다

기다림

밤은 깊어 삼경이 되어도
떠나간 사랑은 소식 없었다
전화 없던 세월의 반뜩임으로
고장 난 계곡에 눈감고 있을 거라는
나쁜 생각들의 집착은
줄을 이어 어둠을 타래치며
굽이도는 냇물소리에 시름걱정 얹어두었다
그때 갑자기 탕…
대문소리가 들렸다
아, 왔구나, 침묵의 함성이
숨구멍 열어주었다
귀 익은 발자국 소리가 반가움의 옷을 벗겼다
안기고 싶어도 공간의 곁눈질에
안쓰러웠다
묵언의 포옹이 질식하는 우주를
껴안아주고
새벽 오는 그 순간까지
지구의 숨 톺는 소리가
이슬 빚어 아침제단을 빛내주었다
그리움의 주소에는 그런
놀빛 사연도 발려있었다

미로

시간의 통곡소리에
비어있는 구름의 마음

바람의 굽잇길에 소박맞은 각서는
산모롱이 씹어 삼킨다
빛의 뿌리는 어디일까
숨쉬는 어둠에는 파란 세상
꿈틀거리고…
부식토의 인내로 기다림 숙성하는
풀대의 속삭임
별빛 덮는 혹서의 계절이
은하수 건너고 있음을
파노라마는 아픔에
초점 맞춘다

엘리지의 노래

통곡하는 구름의 눈물이
산모롱이 굽잇길에 널부러져 있다
가지 끝에 매달린 단풍잎 흐느낌에
손놓아버린다
가을비 내리는 산길 밟지
못 하는 이유가
쌓이는 기억들 아픈 사연들로
허무한 시간
낙엽으로 덮어준다
사랑의 메모가 계절 잔등에
차가운 입술 부비여댈 때
이별의 메아리는 골 깊은 산하에
어둠의 파문 늘여간다
실실이 내리는 고독이 시간 앞에

기다림 빨갛게 수놓는다
왕서방 피 터지는 부름소리가
홀아비 멍든 추억을 적시어 줄 때
명월이 애모쁜 하늘에
찬비 내린다

어둠

욕망의 푸름이
키다툼 하는 하늘아래
강물타고 달려온 실개천 꿈이
바다에 이르렀다
찢겨진 그 깃발 함성 속엔
지우들의 거친 숨소리…
높이든 술잔 속에 파도칠 때
걸어온 길 돌아보니
넘쳐흐르는 고인눈물
태양도 달님도
거기서 떠오르는 것을

가을

시나브로…
판도를 바꾸는 바람 앞에
초록벌레 한 마리

온 힘 다하여
계절 안고 달린다

빨라지는 발걸음
처절한 몸부림

시 되고 노래 되어
무대 위 하모니를 엮을 때
강물, 돌아설 줄 모르는
무정의 넋이여

세월의 바퀴에
에너지 주입을 묵새겨 간다

윤옥자:
중국 길림성 도문시 출생.
중국 조선족복합상징시동인회 부회장. 연변조선족자치주조선족아동문학학회 회원.
저서: 「토마스 트란스트 퇴메르 시 60수 해석」, 「햇살 좋은 날」 출간.
윤동주 문학상 등 수상.

삶 (외 9수)

□ 김소연

기다림의 가슴에
노을 불타오르고
아픔의 발등에 슬픔, 꽃을 피운다
사랑이 순두부로 부드러울 때
이슬의 목덜미에
햇살 잘랑거리고
하숙집 찾아가는 바람의 입김에
겨울, 녹아내린다
향기여 다독여주라
부르튼 약속의 에너지가
샛길 빠져나갈 때
갈새여 울어라 이 밤 지샐 때까지…
별이 솟고 파도 잠들 때
바다는 가슴 열고
소라의 함성 보듬어
등댓불 높이 억겁(億劫) 비춘다

봄눈

눈송이가
차창에 배를 붙인다

가지마다
산과 들의 입덧
달래어주고

일상의 스릴이
말초신경
정열을 점검한다

조약하는 물방울 메아리가
시간의 발뒤축에
꽃피울 때

못 본 척 달리는 차량들
숨 가쁜 하소연이

대형 광고판에
기억을 새겨넣는다

가을의 길목에서

하늘 만지려는 몸부림이
시공터널에 팔 뻗는다

잎새마다 깃 펴는 조락의 아픔
허무의 기슭에 뿌리 내리고
빗방울의 세례…
세월의 발목에 가랑가랑
이슬 매달아준다
먼길 걷는 방랑객의 슬픈 하루가
비 젖은 단풍잎으로
기러기의 울음소리 곱게 접어
바람 부는 언덕마다 깃발로 꽂아둔다

억새

굽은 잔등 머리발 날리며
소원 하나 석양에 걸어 놓는다

회한 찢어 향기 날리며
눈물 쏟는 하늘

낮달의 창백함이
언덕에 깃발 꽂아 놓는다
대나무에 핀 꽃은 천년을 어루쓸고

칠성별 메아리는
까마득한 생사의 이별
밤색 치맛자락에 수놓아간다

후룬베얼, 그 초원에서

수유차와 양이 없는 몽고포
창문 열고 어둠 뱉는다

누렇게 뜬 풀들 사이로
번들거리는 물빛
얼굴이 안타깝다

하늘의 구름 층층이 겹쌓여 있어도
비운 뒤 무지개, 희미한 색채…
고독이 적막 안고
바윗돌의 갈피에 풍화를 입 맞추면

이끼의 전설이
이슬 꿰는 별빛으로
반짝거린다

날개 젓는 메아리의 하늘에
오로라 슴벅임, 북극의
달아오른 숨결로
칭키즈칸의 아침 열어간다

외로움

돌기(突起)된 시간의 응어리여
백년 나무 눈 속에 잠들어라

허허벌판 그 가슴에 다시 흘러라

부메랑 우짖음 알 품는 메아리로
뜨거운 심장에 내리 꽂히며
노 젓는 물새들 메신저로
유람객 다급함 침묵으로 삼켜라

하얗게 질린 눈썹달 묵언이여
바람 품은 밤하늘에
쪽배 되어 떠가리니

하나 둘 맞손 잡은 어둠 기슭에
개똥벌레 반뜩임으로
이별의 무영탑 쌓아 올려라

기다림

고독에 기대어 앉은
웨딩드레스
그슬리고 달아오른 달님을 쳐다볼 때
노크 기다리는
풍경(風磬)의 잔가락이
어리광치는 함박눈 잠재운다
등 뒤에서 서성이던
노란 웃음
뒤척이는 파도의 생각 껴안는다
밀물과 썰물의 교합
서로의 가슴…

스며드는 메아리가 동녘하늘에
아침 하나 받쳐 올린다

닭똥과자

내려앉은 서리가 웃는다
햇볕에 탄 기록의 자줏빛 탄력
등 굽은 미소에 꽃을 피운다

봄부터 가으내 피부로 맞혀오는 공전(共振)
행복의 진언에 무지개 한 올 잘라내어
한겨울 동여매 둔다

부서져 내리는 아픔이 입안에서
그리움의 향수, 울다가 웃는다
너울 치는 감회의 파도는
가을 짙은 하늘에 단풍으로 주단 깔고

용암으로 흐르던 노을, 서산 너머
퇴색의 향기 길어 올려
세월 한 자락 세척해간다

멍에

회포 한구들 구정에 모여 앉았다

목청 돋구는 술냄새에 나이터가 불꽃 갖다 대고
'아... 애가 좀 아파서...'
찡그린 눈썹이 문고리 잡는다

또 다시 찰칵, 찰칵, 찰칵...
웃음 펴바르는 목소리 한 옥타브에
무게 잡는 시아비 권위가 침묵을 후려잡는다
'괜찮아. 피우라구!'
꿀 먹은 벙어리들 잔 마주치는 충만된 여백
안압의 오르가슴에 분노와 억울함이
방안을 바장인다

옷깃 여민 속사정 방석 깔고 앉고픈
시집살이 한 소절, 늦가을 배추처럼 싱싱하게
윗사람과 손아래 사이를
분계선으로 줄임표 찍어 간다

가슴의 무감각, 꿈틀 놀라고...
결국, 소풍 나가는 시간은
앞치마 끄르고 먼 하늘 별꽃 품는
북녘의 차가운 날씨임을
어금니로 짓씹어 본다

명동 제일촌

줄지어 선 가로수
바람 냄새 더듬는 "시인의 길"이
안내문 읽는다

앵코의 젖향기가 담장 밖으로 울려 퍼지고
옷자락 펄럭이는 그네가 바깥세상 넘본다

건뜩 머리 쳐든 추녀 아래
문턱 베어 먹은 대문이 활짝
가슴 열고 볕쪼임하는데
이름자 또렷한 간판이 언어의 열매로
성숙을 잘랑거린다

옛 학교 정문 위 오각문양 속에
파란 낮별들 모여 앉아 시향 펼치고
그 앞, 두 손 모아 쥔 소원이
영생의 메시지 모아 쥐고 음풍영월
구름 위에 다시 얹어 보낸다

김소연:
중국 길림성 화룡시 출생.
중국 조선족복합상징시동인회 부회장. 연변조선족자치주조선족아동문학학회 理事.
象徵詩專門誌 「詩夢」 편집위원.
시집 「복수초」 출간.

조락(凋落)의 미소 (외 9수)

□ 이순희

병력서에 날인 찍는 순간
생각의 손톱은
잠의 씨앗 뽑아버렸다
숨통 조이는 신음의 자욱마다
MIR…
버튼 부서지는 소리

— 김칫국 싱거워
짜증난다는 말 못 들었는겨…?!

저승사자의 망발이
볼 붉은 언사에 목탁 두드려댄다

귀갓길 재촉이 체온 올리는
동영상이 밤의 장막에
아픔 새겨 넣는다

그리움에 멍들면 사랑도
병난다는 예언이
골드바하의 추측처럼

진리의 그림자를
꽉 움켜쥐고 있었다

눈 속의 진달래

향기의 분출, 그것은
꿈틀거리는 생명의 함성이었다
희망에 반짝이는 아침햇살 같은 것들이...
겨울 찬바람 속의 소나무같이
가냘픔으로 계절을 휘어잡는
파란 숨결이었다
포근함 펴 바른 얼음찜질이
여린 목숨 깔고 앉아 포즈 취하며
렌즈 거머쥔다
봄바람에 눈뜬 아가들
뻐꾹새 반주에 응원가 합창하면
연분홍 이봉
머리에 얹은 봄아씨가
깃자락 휘저어 아지랑이 날리며
계절의 성연(盛宴) 리드해간다
기억이 또 한 번 송가(頌歌) 집어 들고
공간 누비는 법칙으로
별 되어 반짝인다

인연의 소나타

꿀 발린 공간에
연애놀이 깍지 걸었다
파란 숨결 볼륨 높이고
오색 꿈에 젖은 발자국 소리
신기루로 너펄거렸다
드디어 그날
섬약함에 날인 박은 시베리아 찬바람이
단절(斷絶) 내뱉으며
돌아앉았다

이지러진 욕망 불살라
단근질 가속기 밟으며
들국화 저녁노을 집어 꽃치마 두를 때
커피 한잔의 망설이
알람 울려 고막을 찢고
휴지로 꾸깃거리는 짓거리에
눈길(眼神)이 인색 떨며 돌아눕는다
만남도 이별도 제몫이라고
느긋한 미소 색 바랜 자욱 덮는다

일상의 스피치

옆 총각 튼실한 에너지가
나한테 오고 있다
중간 하차의 불편함이

순간 씹어 메모리의 갈피에 끼워둔다

꽃봉오리 내미는 앵두나무
잎 가리는 이유를
고민의 시행 속에 덮어 감추고
변명의 날개가
가치의 천평 누른다

흰 구름이 멋져 보이는 것은
놀빛 그리움 지펴주기 때문일 꺼다
다 거기서 거기라는 설법도
바람의 어깨에 침묵 얹어 보낸다

멋있게 살거나 말거나
인생은 결국
물 되어 바다로 간다

명상(冥想)계단을 넘어

창(窓) 앞 꽃들이
그제 날 화려함으로 향기 안고
미소 지을 때
길 건너 잎 펼친 나무는
묵상의 시간
바람에 새겨 넣는다

모니터 얼굴에 비낀 벽에는
마주보는 <가화만사흥(家和萬事興)>이라는

편액, 책장에 만재되어 있는
퇴색의 흔적처럼
햇살의 내음새로 남아있을 것이다

아름다운 노래의 선율은
구름 되어 영(嶺) 넘어
파도 설레이는 바다로 깃 펼 것이지만
아침 고락지엔, 정감의 새가
울음 몇 방울, 이슬로
어둠의 공간에 새겨 넣을 것이다

귀갓길

스마트 세상이
하루의 길이를 잴 때
땀방울에 묻어나는 생각의 향기가
길 다독여준다
천수관음의 따스함에 안개로 깃 펴는
숙명의 징표…

경적소리의 전율이
쿨함을 매장할 수도 있다는 망발엔
이맛살에 꽃 피우는
메모리의 함량…

무드 빵점이란 거짓말에
뒤통수 째려보는 메뉴가
예나 제나 미소 감춘 사랑으로

허겁의 단추 벗긴다

기다림의 가슴이
웃으며 저녁을 연다

결혼식

순간의 흐름새…
장미향 돌리는 따스함이
드레스의 넋 안고 질주한다
눈길(眼神)들 나비춤에
산데리아 조명, 그리고 웨딩…
손잡고 꽃길
오르는 언약이
심장 판막에 낙인찍을 때
만남과 이별의 무상함이
합궁(合宮)의 함의를 묵새겨본다
먼먼 인생길에
시작으로 정착 없는 여행길…
향기 가득한 열매들이
가을의 기도를 매달아둔다

하루만의 위안

쓰러지는 위기의 모면에는

절로 웃음 나온다
지름길이 에두름길임을 실감하기까지는
헛디디고 기우뚱 하는
순간도 있었다
입덧의 핀잔 한마디가
말씀의 씨앗에 햇살 한줌 넣어주면서
아, 차려놓은 약 또 안 먹었네…
라고 할 때에
맴돌아치는 기다림이
버스 기다리는 정착역 꼬집어 준다
다급한 일상의 스캔이
목적지의 하늘에
구름 되어 바람 되어
소리 없이 흐른다

삶의 간이역에서

오붓한 만남의 자리엔
노을빛 슴배인 토장국 냄새
문고리가 손 내밀어 기억 잡는 시늉을 한다
명칭들의 일상이 길자로 바뀌는 순간
금준미주 발꿈치에
안개, 쿨쩍거리고…
짝 잃은 비둘기 애절한 흐느낌이
고추타래 매운 계절 옥죄어간다
울고 웃는 인생사 로맨스―
뚜껑 들썩이는 풍성한 가을 읊조림에
봄내음 장단 치는

서러움 한 접시…
봄꽃보다 아름다운 단풍이라 할지라도
건배의 잔속에 국화향
정 한 웅큼…
미소 한 다발 꽃보라로 휘뿌리며
천지간이 술에 취한다

가을 숲에서

깊숙한 골짜기 폼 잡는 길이
팔 벌려 길손 반긴다

심장 움켜쥔 푸름의 언덕이
주단 속에
몸 숨김을 보았다

철새의 촉박한 날갯짓이
갈대의 흔들림으로
하늘 한 자락 나부낀다고
말해도 좋을까

놀빛 피어오른 성좌들 언어가
섭리의 목탁소리에
뒤척거릴 때

틈마다 스미는
햇볕의 끈질긴 따스함

찬바람 훔쳐보는 매서운 눈길이
순간을
감아쥐고 있다

국화꽃 입술 깨무는 전율이
피 토하는 산하에
머물러 있다

이순희:
중국 길림성 용정시 출생.
중국 조선족복합상징시동인회 부회장. 중국 연변조선족자치주조선족아동문학학회 理事.
시집 「밤행열차」 출간. 「옹달샘」 중한아동문학상 수상.

하늘과 땅 그 사이에 (외 8수)

□ 조혜선

구중천, 문 활짝 열고
덕(德)과 선(善)의 공훈 읊조린다

금가루 입에 문
영혼의 새 한 마리
훈어(训语)의 염불소리로
지신(地神) 기운에
묘미를 가토(加土)해 올린다

땅의 것, 갖고는 못 가지....
잘 산다고 버둥대는 욕망 같은
수천의 벌레들…

거품 위를 기어오르는
뿌리 뽑힌 큰 나무의 숨 톺는 소리가
황엽의 훈향으로
입가에 꽃피워주는데
딱따구리 청진기의 무력함이
지구를 받쳐 올린다

속대 빈 참대의 회한(悔恨)
뜻 굳혀 하늘 솟아도
지심 깊이 잠든 지장보살님 은총이
사계절 손에 들고
사리 밝혀 길 열어준다

호기심 천국

사닥다리의 수수께끼가
연옥(煉獄)에 올라
천사에게 묻는다
닭이 먼저인가요 달걀이 먼저인가요

육각눈빛의 구세주가 가슴 판막에 붙어있던
입술 없는 고보(古譜)를 뜯어내어
속살 펼쳐 보인다

날고, 기고, 걷는 족속,
눈, 코, 입 그리고 오장육부에 똥구녕을 가진 생명들,
선 자리에서 꽃피고 열매 맺고 숨 쉬는 식물들…
그것들의 시조는 어디에서 왔을까
생김의 표식은 엄청 다른데
먹고 싸고 새끼를 낳아 키우고 또
저렇게 하나같이 신기할 수가 …

조물주여, 어디 계시옵니까?
땅위에서 들려오는 소리
저 여기 있어요 삼라만상의 몸 안에 있어요

끊임없는 움직임을 광음이 기록할 적에
진화의 다리 수억 년 달리고
공룡의 강 수세기를 넘었다

한 어미의 뱃속에 적을 뒀어도
생김은 저마끔,
유전자는 그 필름 갖고 있을 뿐…
우주라는 큰 그릇 안에
오구작작
더불어 살라는 의미…

지구의 문전에
암마(暗碼)의 주례가 걸리어 있다

세월

광음에 삭아 고해 깊은 뼈짬, 그 깊이에서
암수의 세파는 맛이 깊다
날 서린 시계, 똑딱선 몰아
지평선에 두 팔 세우면
빛바랜 새벽달, 구름에 몸 가리운 채
외로움 씹는다
아침 반지술에 빨갛게 울기 오른
동쪽하늘이시여,
길 떠날 차비는 잊은 것일까

마음 급한 두루미 햇살 꺾어
무지개 발 엮는데

노을 비낀 바다에 몸 담근 큰 바위…
하얀 이끼 받쳐들고
세월의 훈장으로 빛나는구나

수양버들

아미 숙인 설레임으로
하늘 한 자락 잘라내어
아리랑 가락 덮어주더이다
냇물의 울대가 이웃 되어
소리 낮춰
아량의 품 다독여주고
바람의 장단에 계절의 그네 터
부르스 향기로 꽃피더이다
굳이 줄 세우지 않아도
길길이 닿는 손길의 메모리…
깃발은 사랑을 나붓거리고
유혹의 스릴에도
망부석의 진언(眞言)엔 연륜 같은
속삭임이 별빛으로
그리움 얹어주고 가더이다

카멜레온 (變色龍)

살기 위해 수백 번 색깔 바꾸며

웃어도 웃는 게 아니라는 정론(定論)이
빨간 꽃 잎새 앞에
선홍색 피 끓여 정열 보이고

푸른 숲에 싸여
파랗게 기 살린, 인내의 숨소리가
만찬 노린다

몰아치는 태풍
수백 년 이끼 덮인 바위 들깨우면
은빛, 그대로 보석 되어
광을 내여 덮는다고

더불어 빛깔 나누며
태양 아래 변색의
슬기, 어둠이 기억해준다

자리

인터넷 등살에 물앉은 등받이
만족의 미소에는
안쓰러움이 숨어있다
기죽은 사발시계의 가격대가
골동품 진열대를
쥐고 흔든다
머루나무 넝쿨에 포도가 열리며
접목이 사시를 엮은 지 오래다면
태양의 영험이

바닥 핥기를 서슴지 않는 이유는
자국자국 다져가는
서광의 소망일 것이다
먼지 덮인 시간의 주름마다에
청결차 물 뿜는 모습이
목란으로 향그럽고
쪽빛바다의 전설이 그리움 불 켜들고
청출어람 랄랄라
계단 오른다

풍경선·1

문 열면 꼬리 젓는 반가움이
알락강아지 목소리를
움켜잡는다
이름 모를 인연이
삐져나온 덧니에 걸려 있는 모습 보면서
손님은 놀랐다
볶아대고 고아대고 지절대는
시간의 협화음이
해살 안고 바닥에 드러눕는다
그때 사람의 발바닥이
거실 딛었다
투명한 발자국에 코를 갖다 대는
애완견의 일상

풍경선·2

벽에 붙어있는 서화(書畵)는
넷이 합해 하나 된다는 도리가
컴퓨터의 타원형 대하화폭에
나무토막 글자로
필름 되어 흐른다

사람이 주고받는 대화에
귀를 추켜세우는 덧니강아지에게도
눈은 두 개나 있다

재롱 피우던 새 두 마리
서로 주둥이를 쪼는 모습이
햇살 돌아눕는 소리에 놀라
깃 펼 때
에어컨 돌아가는 소리가
무더운 여름을 식힌다

옛 성터

천년의 판소리가 밤을 패가며
어지러운 말발굽소리
주어 담는다
창검들의 부딪침이 살기(殺氣)의 하늘에
용사의 혼 세탁해 가고
흥겨운 북소리에 춤가락

돌각담을 넘는다
궁중놀이 그림자가 가는 세월 말아쥐고
휘파람 부는 사연을
달빛이 내려앉아
이끼 낀 기억들을 보듬어준다.

조혜선:
중국 연변대학사범분원 교수.
중국 조선족복합상징시동인회 理事. 象徵詩專門誌 「诗梦」 편집위원.
연변조선족자치주조선족아동문학학회 부회장
시집 「묵언(默言)의 그림자」 출간. 「동심컵」중한아동문학상 수상.

부스럼 (외 4수)

□ 정두민

번식기능 상실한 오얏나무
보청기를 건대로
그림자의 숨소리 들을 때
침묵이 태동한 박자 없는 음률이
흰머리 흐느낌 낙서하고 있다

단풍색조 넘겨받은
찬바람 자화상
철새 목청 갈겨쓰며 기록하고

거미가 짠 해 먹망(墨罔) 위
빛과 고요 부딪치는 소리가
묶어놓은 꿀벌의 마지막 절규…
고요는 맥박의
두드림을 깨닫는다

노을은 필요 없는
하루의 웃음을 마구 찍어대고
터널 속 검은색 웃음들이
살점을 뜯어먹는 아픔…

한 무리 국화향기들 제멋대로
훌라후프 돌리며 몸매 다듬는다

암시

고고학자의 약도에 따라
유해 발굴된 족보의 **뼈다귀**

학살혐이로 체포된 세월은
순도 백프로의 결백 주장하며
눈물 흘리고, 한편
그리움에 썩어가는 중환자 옆에
본초강목의 땅 꺼지는 긴 한숨소리...

냉각된 영혼이 멍한 사념에
흑백 꼬아진 채찍은
저주를 퍼붓고
수만 개 눈알 작열하는 태양은
뿌리만 있고 토양 없는 슬픔 감싼다

선과 악 구분 못 하는 해태
시간의 간판으로 변질하고

혈연의 정마저 연이어
변사체로 발견되는데
몇 킬로 다이아몬드의 값이
발자국 사이의 만남들을 비웃는다

썩은 고목 앞에서

미래에 유기된 영혼
구름 가루 내어 휘뿌린다
재갈에 물린 고독
시간 축에 꿰어진 맑은 하늘에
운명 지탱하는 침묵의 정자...
공부 만지는 새들의 낭독소리
시간 죽이는 동안
무형의 음성으로 장식된 바람은
익명으로 파고드는 풀향기 만끽하면서
지구의 회전속도 거머쥔 채
나이테 목을 조인다
하늘에 등반하던 피의 목소리
허공에 피랍된 숨소리들이여...
소실되는 그림자 껴안고
흐느끼는 빛의 얼굴 쓰다듬으며...
응아ー 첫울음소리가
흐르는 눈물 억류하여
눈 속에 다시 흘러들게 함은 왜서일까

목격담

귀신으로 환생한 점들이
시선을 타고 광대놀음한다

공중 부양한

지폐의 웃음소리
살상의 허가증 가슴에 달고
눈물의 씨앗 땀구멍에 심는다

겨울의 숨소리만 울창한 가운데
흩어진 인연들의 황제
이별의 견본 들고 강의하고 있다

수십 년 뛰어넘어온
낯익은 입김들 조각들이
발자국 양 켠에 즐비하게 솟아나고

또 하나 이별의 낙오자
무지개 타고
마지막 뒷모습 보이는데

하늘이 선물한 날개를 달고
날지 못 하는
타조의 생각 대신해 본다

쓸쓸한 가을

색망마저 더듬는 진붉은 아우성소리
그 축제의 계절에 역(驛) 없이 떠도는
몇 송이 구름들
외로운 침묵에 흘러
예측불명의 앞날에 주사위를 던진다
잠자리 날개가 투하한 평형이론

소망 외우던 욕망의 궤적은
끝끝내 육체의 목록에서 추락된
낙엽의 미소…
감각기관 주무르는 갈색바람은
흰머리 쓰다듬는데
공간의 고독, 숲속 빛기둥에 기댄 채
지열된 새 울음 품는다

정두민:
1957년 1월 17일 중국 길림성 연길시 출생.
중국 요녕심양사범학원 졸업. 다년간 교육사업에 종사.
중국 조선족복합상징시동인회 理事. 象微詩專門誌 「詩夢」 편집위원.
이상화문학상, 제1회 詩夢문학상 수상.

가을 문턱 (외 5수)

□ 신정국

키가 줄었나, 하늘이 높아졌나
은하수와 숨바꼭질 하는 별들도
보일 듯 말 듯 눈부리를 쥐고 흔드네
키다리 해바라기는
햇빛 뜨거워 고개 숙였나
까맣게 그을은 얼굴에
가을의 전설이 알알이 추억 영글여 가네
고추잠자리, 국화꽃잎에
입맞춤 하는 사이
벌 나비 꽃잎 되어
사랑의 주파수 물들여 가는가
주렁주렁 매달려 쌍그네 타는, 청포도의
성수난 산들바람...
와인 향 빚어가는 단풍잎 얼굴마다
햇살이 찰방거리네

탈선

정류장도 휴게소도
천방지축 세월 안고 달린다
뼈저린 상처의 달빛이
눈물로 아픔 세탁해 가며
빈 나뭇가지에 꽃과 열매의 환영(幻影)
매달아둔다
고집스런 천길나락의 거칠은 숨결
흘러간 그 시절의 추억마저
몸부림치는 풍화작용으로
끝없는 우주공간 살찌워간다

비야 비야...

밤은 거리의 네온 글자를
해독하지 못한 채
가로등만의 도시를 읽어간다
벽을 핥으며 내려오는
밀물이 모서리에
헤딩하며 곤두박질하는
물방울의 입질...
막연한 현실 앞에
찌는 더 떠오르지 않고
무엇이든 실행할 수 없음이
순간을 역류하는
생각의 포말...

거리의 구토가 오물에
흠뻑 젖어있다

자연의 조화현상

세상천지가 열리면서
노들강변 펼쳐놓았다
돌기둥 모서리에 칼집 세워 놓고
숫돌에 세월 저미는 소리 요란하다
광풍의 혈전 끝에 무지개 걸리고
달빛 밟고 가는 검은 그림자 속내
누구도 알 수 없는 것이다
물결만 설레이어도
붉은 여울 잔걸음쳐 가고
인간은 산성으로 가면 순례자 된다
나무숲이 하는 일은 바람을 베는 것
줄기도 잎도 벌겋게 변해간다
노을 타는 강 너머 눈시울들 불타고
칼부림에 허공이 파랗게 멍든다
초목의 그늘조차 하얀 빛
대세의 흐름에 고개 숙인다

봄날의 일상

개나리꽃 웃음이 햇살 꺾어 노래 엮을 때

언덕너머 산기슭 진달래
수줍게 얼굴 붉힌다
산등성이에 꽃너울 입혀가며
세월 돌려 세우려 애쓰는 흰나비 노란 나비
그 뒤를 이어 미소 환한 보름달이
강강술래 놀이에 여념이 없다
아지랑이 올라탄 신기루의 멋스러움…
여행길 나서는 바람이
버드나무가지 부여잡고 그네 타다가
산향길 푸른 주단에 향기 점점이
흩뿌려 놓고
노고지리의 노래 한 아름 꺾어 쥐고
내를 건넌다
즐거움 부푸는 꽃망울의 가슴
부풀어있다고
제비들도 재잘거린다

데이트 신청

하얀 살결의 시간 앞에
머루알 같은 까만 눈동자의 기다림
고백 받쳐 올린다
날개 달린 밀어의 속살거림이 하루를 접어
나비연 날린다
장미꽃 순정으로 소리 없이 다가서는
약조의 향긋함…
삼백예순날의 그리움이 눈물 되어 꽃펴날 때에
황홀한 내일이

오래오래 숙성한 동행을
사랑의 제단에 진열해놓는다
보고 싶은 사람아 알고 있겠지
언덕 너머 개나리가
봄 허리 감아쥐고 바장이며
애인이름 부르는
슬픈 사연을...
아침에서 저녁까지
다시 저녁에서 새벽까지
이슬 맺힌 월견화(月見花) 흐느낌 소리로
찬란한 이슬 똑똑 뜯어 진상해 오리려니
안 되겠니, 애인이여
못 견디게 좋은 사람아~!

신정국:
중국 길림성 훈춘시 경신진 출생. 여년대학 조문전업 졸업.
다년간 교육사업에 종사.
중국 조선족복합상징시동인회 理事. 象徵詩專門誌 「詩夢」 편집위원.
시집 「바다 그리고 사막」 출간.

지하철 입구에서 (외 7수)
－위안부 동상 앞에 멈춰 서서

□ 정하나

발목 잡힌 이유
초침 끌어
오늘을 기다려 본다

스칠 수 없는 까닭이
위로의 뜻 담아 수건 받쳐 든다

우수에 절인 원혼,
가시 돋친 어둠은
얼룩진 역사를 지우고

밀려가는 사색은
파도의 자락 잡고
갈매기 울음 찢어 삼킨다

침묵
기다림
다시 침묵
… … …

비어있는 자리엔
구원의 메아리

망치 든 하늘에서
은빛이 번뜩거림을 본다

스모그

불청객이 배긴 돌 **빼는**
시빗거리가, 핏대 세운 총소리로
핸드폰을 조준하였다
마른 나무숲에서 범의 콧수염 건드리는 식
이라고 해도 좋을
빨간 신호등이
맹인의 말초신경 간질인다
댕강거리는 삽질소리에
뭉청뭉청 옮겨지는 수림의 가쁜
목소리, 지구의 숨통
졸라매고 있다.

봄이 오는 소리

진달래 가락 튕기고
말리꽃 향기 다가선다

뚜껑 닫긴 도시에서
입 다문 가게들이 하나 둘씩
머리 쳐드는 이유가
제주산 생고기 느끼한 절임으로
커피 향 프림 되어
녹아내리고

얼른거리는 갈치의 반가운 눈길이
저울판에 들어 누워
바다의 시를 읊조린다

그때 고압 가마가 서서히
역을 떠나며
춘삼월 입맛 싣고
장거리를 빠져 나간다

싱싱한 계절 내음이
귀갓길에 꽃으로 피어있다

용이 머리 드는 날

잠자던 숨결이 깨어나
향기 꺾어 손에 들고 다가와
전설의 가슴에서 이슬 한 알 뽑아든다
싹트는 씨앗의 꼬불딱임이
무너지는 산사태를 멈춰 세웠다

무지개의 존재, 그것은

비 내린 뒤의 아름다운 거짓말임을
생각 흔들어주는 바람은 안다

에메랄드 하늘이 내려앉은 호숫가에
텐트 치고 연애하는 연인들
살 섞는 괴성이 영 넘어
우주로 줄달음 칠 때

입 닦고 나앉은 아침식탁처럼
메모리 용량의 적신호는
노을 훔친 화장 뜯어고치고 있다

빗소리

뙤창문 열어
새벽알람
하늘에 손 내민다

귀 익은 염불소리
바람의 위안으로 바닥을 노크하고
고장 난 벽시계
마디마디 풀린 나사못...

시린 손발위에
도시의 수풀이
숨바꼭질하는 수치들로
돌담 쌓는다

강 건너 고개 넘어
그리움 흐르는 구름의 그림자

초원 찾아 떠나는
바이올린의 흐느낌 소리가
시간의 치맛자락
적시어 준다

자아격리

고독이 쪼각하늘 찾는 아침
갈망은 외로이 골목길 달려간다

황홀함이 눈감은 욕망
갈매기 울부짖는 부둣가에
파도로 잠재운다

용의 발톱 부여잡은 라틴어들이
커피 향에 염불 새겨 넣을 때

밤바람 별빛 잡은 방안에서
추억은 긴장 풀어
모닥불 지펴 올린다

잔에 채운 장밋빛 자모들이
사막의 오아시스 찾아 떠날 때
뜻밖에 들려오는 까치의 울음소리...

자유의 촛불 추켜든
숙련된 도시의 이미지
엽서에 또 하루의 체온 체크해 둔다

그믐날

기다림과 그리움
만남의 문턱에 인사 붙인 주련
꼭꼭 감싼 물만두에
단 즙 튕기는 행운이, 제야의 밥상 위에
길상을 꽃피운다

나눔의 복주머니
메시지로 전달되는 위안...

쏟아 붓는 여유에 코미디가
절정 끌어 오를 때
폭죽소리 들볶는 밤하늘에
평안의 불꽃이
어둠에 바닥재 깔아드린다

3월의 여운

바다를 흠뻑 적셔
자유의 향기 깃발 날리고

하늘 부푼 보리빵
삶을 파고든다

변해 가는 기후
소녀의 시름 불러들이고
절기 당기는 소식에
입가에 미소 흘러내린다

지심에서 내뿜는
우윳빛 온열
자락 펼쳐 덮어주는 우주

땀구멍 비집는 조개의 초연함이
사랑의 여신으로 부활될 때에
대지는 노을빛 손길로
포근히 보듬어 주리라

정하나:
중국 길림성 화룡시 와룡향 출생.
중국 조선족복합상징시동인회 사무간사.
교통경찰 근무.
시집 <안개의 해부도> 출간.

보람 (외 6수)

□ 강 려

선택이 없었다
목마른 사람에겐 물이 필요하듯이
밤길 걷는 아픔의 길라잡이엔
개똥벌레 반뜩임도
사랑이었다
글 쓰면서 배우는 재미의 향연(饗宴)
쉬어버린 개울물 소리엔
모래알 굴리는 사금파리의
반뜩임도
별빛 반사광으로 그 언덕
잠재워두었다
쉽지 않은 드라마틱한 살이들…
깨알 씹는 순간의
기억들이 꽃으로 피어난다

메모의 각설(却說)

이모콘의 주먹이
울음 움켜쥘 때
어둠의 한쪽 눈동자가
안개의 언덕에 이슬 굴린다는
그 말씀…
뜨거움 식히는 커피 잔의 노래는
공간의 분노에
연지 바른다고
아픔에 적혀있었다
탈춤 추는 컴퓨터 자막이
기원 원년의 의미를
씹어 삼킴을
역사의 페이지에는
또렷이 각인되어 있다

기쁨

찻잔이 미소 흘린다
언어의 돌부리가 플러그의 이마에 해살 바른다
사막의 그릇 웃음 담고 우주를 걸어간다
落潮에 비낀 조가비의 무지개
수수께끼의 연륜 속에
몸을 감추며
입덧으로 미소 짓는다
울타리엔 날개 퍼덕이는 새 노래
음악이 흐른다

그리움

고독 끓이는
주전자 냄새

외로움 흔드는 강아지
꼬리 쓰다듬는다

적막 움켜쥔
해바라기꽃

햇빛 이고 돌아서는
긴긴 그림자…

기다림

아픔의 그림자 밟으며
인내 켜든
외다리 가로등의 어깨에
돋아난 말씀

겨울 오면 봄도 멀지
않으리라는
셸리의 어록이
어둠 깨물며 감싸 안는데

바램의 의자에 앉은

12월의 발등

솔의 향기 두른 새소리가
여명(黎明) 한 잎 물어다
약속 소록소록
덮어주고 있다

안타까움

그것은 한두 가지가 아니다
언어장애의 공간엔
버스에 장착된 벨의 고장(故障)이
빛 잃은 뭇별의
녹슨 눈동자로 가물거린다

한 번 꾹 누르면 금새라도
터져 나올
향기 대신에
삐걱이는 우주의 적막…

입 다문 함성들이
지구의 귀퉁이를 스쳐지난다

답답한 일상들이
기억의 편린 움켜잡을 때
빠져나가려고
바둥대는, 바람의 물살들…

욕망의 언덕이
발톱
박는다

섭리

땅을 파 농부의 팔뚝에
열매의 그림자
환각의 숨결이 삽날에 걸려
즐거운 비명 지를 때
하루의 작업은 일상의 허리를
으스러지게 그러안는다
휠체어 탄 소녀의 눈빛이
해살 발린 글줄 따라 달려가면
이슬 문 미소
새소리 쫓아가는데
빗줄기 타고 추락하는 꽃잎 한 장
더위 베고 누운 여름은
웃음 덮어주기 위한
발음법의 축축한 애모뿐이다

어둠 너머 저켠

맹인소녀의 지팡이
밤빛 돌멩이 걷어차는데
새소리 고인 이슬의 미소

밝음 더듬어
새벽 풀어 내린다

불치병 당첨의 유혹에
절망의 껌향기, 기억 씹어 삼키며
오헨리의 "마지막 잎새" 뜯어
시간의 나뭇가지에

희망 한 장
매달아두고 있다

강 려:
1975년 5월 29일 중국 길림성 룡정시 개산툰진 출생
중국 조선족복합상징시동인회 회원. 연변작가협회 회원.
동시집 「또르르 뱅뱅」, 「알나리 깔나리」 출간.
윤동주문학상 등 수상 다수.

가을의 슬픔 (외 8수)

□ 황희숙

두 손 마주 비비여
나뭇잎 사이로 울려 퍼지는 햇빛소리에
납작 엎드려
호수는 하늘 우러러, 얼굴에
기다림 새겨 넣는다
ㄱㄴㄷㄹ...

하얀 이발 들어낸 구름의 노래는
바람 부는 노을의 영혼 싣고
굴레 쓴 발길에
공개된 비밀 감추어두는데
언제일까….. 언덕 위에 댄스 추는 쑥갓의
싱그러운 기침소리도
개미굴로 흘러드는 강물 모습에 꿈틀 놀라
장밋빛 여름 갈피마다에 아침 매달아주던
그때를 보듬어본다

겸허한 모국어여 음향 따라 눈 감으며
찬 서리 깃 펴는 산자락에
계절 익는 멜로디로 볼 붉혀보아라

몸져눕는 고독의 갈림길에는
이정표의 가르침이 하나, 둘, 셋...
철새 되어 오가는데
낙엽의 노래는 메아리 받쳐 든 천사가 되어
망각의 시간 읊조리고 있다

비야 비야...

미움 쌓은 보따리의 꼬리가
세월의 하루를 끌고 간다
미련은 날개 달아, 깃 편 흰 구름과
비행하는 바다...
옷고름 날리는 푸르름이
시간의 명줄 감아쥐고
입을 다신다
길 찾아 떠나는 날개의 꿈자락이여...
슬픔 쪼개는 지구에 피부에
선인장 가시가 내리꽂히며
꽃의 파문 그려가고 있다

밤행열차

어둠 삼킨 기적소리
레루 안고 춤추고

은하수 잠꼬대에
놀란 별, 바람 타고
호수에 내려앉는다

「목저지」는
어디…

날개 돋친 어둠이 따라가며
뜯겨져 나가는 받침자
주어 담는다

사진

고요한 물결위에 꽃잎 하나 떠있다
드러난 바위의 잔등에도 그림자는
말라붙어 있다

손목 잡힌 허우적거림이
허무의 빛으로 붉게 물들 때
바람의 눈빛에 손목 잡힌
기억의 주름에도
철따라 꽃은 피고 진다

동그란 웃음
목에 걸고 흐물거리는
꿈같은 환각의 길목에
부서진 파돗소리 받쳐 들고 걸어가는
맨발의 발바닥

간지러움이 사금파리 되어
오늘도 반짝거린다

지워진 글씨

파도위에 새긴 이름
거품 되어 출렁이고
눈물 닦는 감탄표의 흐느낌
바위로 굳어 있다

잔디 푸른 시간 귀퉁이에
뛰어놀던 그림자는 어느 바로
꼬리 감추었을까

꽃펴나던 순간들을 잘근잘근
씹어 삼키며
어둠도 깜박깜박 불 켜들고
사랑 찾아 떠난다

달은 코 골고

호주머니에서
빨간 꼬리 꺼낸 요정들이
행복 퍼마시는 모습이 들켜버려도
세월의 잠꼬대는 느끼지 못 한다

84

구름의 속살에 얼굴 파묻고
꿀잠 자던 날
파도의 포효(咆哮)하는 메아리도
가려듣지 못 한다
갈매기 부리에 물린 짭조름한 바다 비린내가
하늘 닦는 바람이라는 것도
감지하지 못 한다
풀잎 적시고 언덕 넘는
개똥벌레의 한스런 뉘앙스에도
월량대표아적심(月亮代表我딸的心)이라는
노랫말 적혀있음을 감감 모른다
임은 가고 이별은
낙엽 되어 들을 덮는데…

치마

하얀 면사포 가리우고
사뿐사뿐 걸어 나온다
발그스레한 볼이
분수된 샘물에 무지개 되어 떠있다

단 가마에 올라앉은 고독이
이어폰 걸고 키보드 때려
우주여행 끄당겨 온다

개미들 연애편지가
발레 추는
시간의 틈새에 끼어 막을 내린다

성수난 무도회는
밤낮이 따로 없다

팔월

소낙비 내린 날
물고기들의 짝 찾는 놀이가
기포로 솟아오른다

새 생명의 탄생 기다리며
종알거리는 새들의 언어에도
향기는 묻어 있고

넝쿨에 앉은 고슴도치가족들
그네 뛰는 선율의 흐름이
무지개로 허공을 빛내준다

어미닭 구구단 외우니
노오란 털실뭉치 쫑드르르
굴러다니며 받아 외우고

하늘 나는 까마귀
가오가오 노래하며
영(嶺)을 넘는다

석탑

채찍 맞은 비바람 얼굴에
멍이 들었다

화판에 담긴 가을의 눈물
황금파도 옷깃에
출렁거리고

하늘 움켜쥔 갈대는
키 크는 시간을
그리워했다

온갖 소망 한데 모여
계단 쌓아올릴 때

산사의 풍경소리가 부드럽게
경직된 언어를 고른다

구월

하늘에 울려 퍼지는
철새의 처량한 울음소리
빨간 혀 날름, 독기 뿜던 배암도
똬리 틀고
임종을 맞이한다

다른 세상 유혹이
높아가는 담장 쳐다보며
줄기의 손 뻗으면

높아가는 하늘이 찰칵
사진 찍어, 구름 위에
감추어둔다

황희숙:
중국 길림성 훈춘시 출생. 다년간 교육사업에 종사.
중국 조선족복합상징시동인회 회원. 연변조선족자치주조선족아동문학학회 자문위원.
세계동시문학상, 동심컵중한아동문학상, 윤동주문학상 등 수상 다수.

뭇별이 총총 (외 2수)

□ 강성범

달빛이 책 꺼내 들고 읽으면
옹기종기 모여 앉아
옛이야기 듣는 어둠의 눈동자들

장작불 강냉이 끌어안고 사교무 추면
감자들 숯불 뒤집어쓰고
숨바꼭질하겠지

그렇게 세월은 흘러
나무들은 옷단장 거듭나고
오곡이 머리 숙여
가을풍경 노래하면

겨울 넘어 새봄이
파란 미소 자으며
사뿐히 다가온다

마무리

어둠이 고요 덮고 누운 밤
시린 가슴 빗장 열고
텅 빈 하늘에 별 하나 띄워 본다

포근한 어둠 감싸고 다가서는
헐벗은 기억의 메아리
할딱이는 숨결에 나부끼는
색 바랜 나뭇잎 하니

구름 넘어 저켠엔 노란 빛 싹트는
내일의 에너지
텔레파시 감아쥐고 눈 감는 아침에는
햇빛 또한 정답게 어르쓸어 주리니

거친 날개 가다듬고
소망 하나 기도로 불태우며
초불은 이 밤도 적막 밝혀
시간을 춤춘다

이웃

미소 짓는 마음 눈 뜨고
우연과 만남 씹어 즐거움 빚는다

어깨와 어깨 부딪치는 빛살들이

맘속에 날아내려
무지개위에 신기루 쌓는다

봄이 심어놓은 소중한 씨앗
밝은 햇살 받아 먹는다

즐거움 달려와 노래 선물하고
꽃다발 깨여나 춤춘다

예감

가다리던 바람 창문 노크하면
달려오는 숨결소리
그리움 집어 귀가에 갖다댄다

입 꼭 다문 봄
속삭임 꺼내 만진다

이슬이 걸어 나오며
두 팔 벌려 꿈의 눈동자 그러안는다

강성범:
1951년 1월 8일 중국 길림성 용정시 출생.
연변재무학교 졸업.
중국 조선족복합상징시동인회 회원. 연변조선족자치주조선아동문학학회 회원.
시집 「빼앗긴 사랑」 출간. 동심컵중한아동문학상 수상.

가을 순정 (외 2수)

□ 신현희

더위가 남기고 간 자리
짙어가는 나뭇잎 사이로
그리움 펼치고

바람이
못 다한 사랑 움켜쥔 채
이야기 엮는다

노란 향 그림자에
취해버린 새들
한 점 두 점 구름송이 따다가
시린 가슴 덮으며

재잘재잘
계절 노래 익힌다

그리움

쓸쓸한 가을이

엉거주춤
아침에서 저녁에로 오간다

외로운 밤 서성이다
새벽 뚫고 달려본다

누구의 허락도 없이
그리움으로 왔다가는
바다 속 벅차오르는 파도 이야기

사랑이 저만치
먼데로 밀리어 간다

바람의 노래

햇살 헤치고
걸어 나오는 느림보

향기 머물다 간 자리에
코끝 어루만지는
아쉬움의 행적

가을 한 자락 앞세우고
손 내미는 아쉬움에
성급하게, 가던 길 다시
재촉해 본다

가녀린 나뭇잎

그리움에 젖는 사연
리듬 타고 흔들리는 시작은
이제부터 추억 불태워
놀빛 물들여간다

신현희:
중국 길림성 안도현 출생,
중국 조선족복합상징시동인회 회원.
중국 연변조선족자치주조선족아동문학회 주한국 대외연락부장.
(사)한국아동청소년문학협회 회원.
세계동시문학상 등 수상 다수.

선보러 가는 길 (외 7수)

□ 권순복

나무와 꽃들의 춤추는 모습이
길 양켠에 줄지어
손뼉을 친다

노랫가락 입에 문 철새의
날갯짓에서
무지개가 햇살로 피어오르고

하늘 나는
구름의 대안(對岸)에는
신기루의 입덧

타임머신의 미소가
시공터널 그 언덕에
꿈씨 한 알 묻어둔다

그대 떠난 날 아침

바닷물 절벽을 핥으며
상처를 절인다
고슴도치 가시가 심장 찌른다

공기의 터널에서
폐가 질식해 까무러치고
두 호수의 신음…
폭포의 검은 나래가 안개로
깃을 편다

마귀의 손톱날 가슴 허빌 때
콧구멍 채우는 비린내의 면적은
밤과 낮 덮어주며

시간의 길이 재는
저승사자가 된다

낙엽

찢겨진 사연에 전율하며
한 잎 세월
추락의 깃을 편다

안색 흐린 구름
긴 그림자 덮어주고

흐느끼는 바람의 빛살 모아
부서진 이야기 감싸 안는다

몸부림치는
나무들의 신음소리

너른 품에 보듬어주는
따스한 흙사랑
기억의 순간들이 이슬로 반짝거린다

함박눈

잎 떨어진 나무
앙상한 가지마다 손 내밀어
축복 받아 안는다

은빛 대지의 푸들진 꿈
지붕 위에 두툼한
사랑 겹겹이 얹어주고

매화꽃 발자욱 찍어가는
노루의 청순한 눈빛
먼 산 영마루에 너울거린다

즐거움 깃 펴고
날아 내리는 날

길마다 가슴 펴고

풍요로운 겨울 이야기
향기로 잠재워둔다

가을비

외롭게 서있는 의자
고독 입에 물고 흐느낀다

상처투성이 낙엽
길가에 널부러져 퍼덕인다

헐벗은 나무
젊음의 불타오르던 기억
주으려고
등이 굽었나

가지마다 맺힌 눈물
서러움에 반짝이며
아픔의 공간 노크해본다

달밤

별들도 어둠속에 숨어
눈물 흘리고
강물이 흐느끼며 몸부림친다

소쩍새 적막 덮고
임의 이름 울며 부른다

잠 못 이루는
기억실록(實錄)…
깃의 가장자리에 이슬로
내려앉는다

퇴근길

신호등 안색 붉히는 사연이
걸음마 꼬집는 행적에
안타까움 접어 날려 보낸다

차량들 느림보에도
이유는 있다는 것일까
장거리에서 풍기는 육류향
코를 찌를 때

길가의 나무들 춤추는 모습이
불타는 놀빛 언어로
나래를 편다

귀갓길 촉박함이
립스틱 부드러운 촉감으로
가로등 눈을 뜨게 한다

인생

가시덤불
갈 길 가로막고
바닷물이 바위섬 생채기 핥는다고
상상의 나래 접을 수 있을까

먹구름이 햇빛
삼키는 소리에
노 저어 동산으로 미끄럼 치는
하현달의 휘파람…

사금파리 반뜩이는 숨결은
반딧불 사랑으로
여름날 그 자취 장식해 주는데

기억의 주름 잡아
이별 수놓는 이랑마다에
회한의 이슬
보석향으로 허겁(虛怯)을 닦는다

권순복:
중국 길림성 안도현 출생.
중국 조선족복합상징시동인회 회원. 연변조선족자치주조선족아동문학학회 理事.
세계동화문학상, 동심컵중한아동문학상 수상.

기다림 (외 6수)

□ 류송미

사쿠라꽃이 향기 벗는 시점에서
전화벨 흐느낌이 빗소리로
메모의 창 노크해준다

아침해 저녁해
다녀가는 그림자에
구름도 가슴 부풀려보고

멈춰버린 순간의 애절함
철새의 작은 눈에
이슬로 반짝인다

계절 지나
낙엽 지는 노래의 뒤안길엔
메아리 익어가는 그리운 사연

천고마비의 하늘에
별은 밤마다
빛으로 반짝인다

즐거움의 분계선

누드 흔들어대는 나무들의
단풍든 사연
풍성한 계절의 밥상 받쳐 올린다

푸르른 전등이
욕망의 리듬 타고 빛날 때

라디오 음악이, 한 옥타브
묵상의 견장(肩章)에
보석 박아 넣는다

햇살이 따뜻함은
언제나, 바람의 손에
머물다 간다

안타까움에 채널을 묻다

유혹의 향기 속엔
국화꽃 입덧하는 소리가
달러의 대명사로 테이프 붙인다

국경 넘는 비행기 날개의
머뭇거림이, 이국타향의 내음새로
세기의 꿈 감싸고 돈다

정이란 무엇인지, 그 함자(銜字) 위에
입술 갖다 대는 시각마다
기다림과 그리움의 잔설(殘雪)…

겨울 녹이는 납함(納喊)으로
실신하는 봄
일으켜 세운다

맞선보기

기다림의 키는 작지 않았다
소개팅의 시간은 짧았지만 너무나도
긴 시간이 필요했다고
매파의 넉두리가 달러의 향기를 씹고 있었다
없는 데요 라고 말하고 싶었지만
참고 견뎠다
금전이 왔다 갔다 하는 거래소에서
물과 불의 키스에도
기름은 떠있었다
아무튼, 기분 좋은 날…
해와 달의 만남엔 어둠 앓는 우주의
아린 가슴이 필요했고
해저 깊은 곳에는 가오리 날개의
연약함이 있어야 했다는 사실이
미팅의 공간을 무마해주고 있었다
사랑은 영어로 러브라고 하지…
러브 유~ 라고 발음할 때
그 뒤에는 이별이란 대명사가

점잖게 보초서고 있음을 감지하면서
둘이는 마주보고 웃었다
그때 창밖에서 축복 같은 함박눈이
펑펑 내리고 있었다

비는 내리는데

어둠 질주하는 강아지 헐떡임이
입 벌린 시간 재촉한다

눈물 훔치는 차량들 이마에
줄 끊어진 기억들
창(窓) 노크하는 소리가
우산들 숨바꼭질에
걸음마 재우쳐 간다

찢겨진 나뭇잎 추락하는
모습마다
거리를 누비는 천사

저 멀리 구름의 메아리가
바람 자고 떠난 계단을
침묵으로 덮는다

떠나간 아쉬움아
사랑은 어디

회한의 나이테에 또 한 획

고독 묵새겨 가면
사막 앓는 상공에
신기루가 미소 걸어놓는다

첫눈

면사포 쓴 가로등
고개 숙이는 인사를 새겨둔다
점포 입은 산의 손짓에
설레는 까닭은
돗자리 깔고 춤추는 강물이
흘러가기 때문이다

모자 쓴 나무들
도도리 하는 모습이
이불 덮은 차량들 동음(動音)으로
전율할 때에

우산 쓴 집들의 미소
웃음 펼쳐 거리를
반가움으로 덮는다

뻗쳐 올린 갈망의 가지마다에
첫사랑 그 향기 꽃피워주면
옛 생각 나풀
나비되어 하얀 꿈결 보듬어준다

고마움

선물 받은 새 옷 갈아입을 때
텔레비전 낯선 화면에
무지개의 향기 떠올릴 수 있을까

송이버섯 얼굴 내미는 모습들
날인(捺印) 찍는 소리

달콤함 코 찌르는 순간들에
비단옷 챙겨 입고
창턱이 뿌리 내린다

글발들 눈부시는
오후 한나절
친구의 이름으로 립스틱 언사가
깃 편 시간, 접었다 편다

류송미:
1967년 중국 길림성 안도현 출생. 연변대학 조문전업 졸업.
중국 조선족복합상징시동인회 회원. 연변조선족자치주조선족아동문학학회 회원.
시집 「어느 날의 토크쇼」 출간. 수상 다수.

비술나무 씨앗 (외 1수)

□ 신금화

작디작은 갑 속에
지구가 자라고 있다

미라로 물고기로
병아리로 변해

바윗돌 밑 초가집에
한뜸한뜸 험한 세상
기워가고 있다

해바라기를 하는 하늘의
포근한 엽서 한 장
바람결에 띄워 보낸다

술

좁다란 것은 넓게
넓은 것은 길게
숙였던 머리 건듯 매다는

웃음이 있다

시들었던 얼굴
지구를 압축시켜 눈에 비벼 넣으면

울바자 밑 강아지 한 마리
피리 불며 앉아있을까

허무의 뜨락에 메뚜기 뜀질소리
바람의 신들메 단단히
조이고 있다

신금화:
흑룡강성 동녕현 삼차구진 사람.
시집 「개구리 셈세기」 출간. 리욱시문학상 등 수상 다수.
중국 조선족복합상징시동인회 회원. 연변조선족자치주조선족아동문학학회 회원.
연변작가협회 회원.

환각의 혼설기에
반짝이는 씨앗의 꿈
－황희숙의 詩集「지워진 글씨」에
감도는 향기

□ 裸木悅

　어찌 보면 우리 사는 세상은 온통 환각으로 엉켜 붙어 있을지도 모를 일이다. 인간이 이성(理性)을 갖추기까지 환각의 도가니는 식어본 적 없었다. 그것은 또한 생명 본초의식(本初意識)의 산물이기도 하다.

　환각에 입각한 상상과 환상은 역사(歷史)의 발전을 추동하는 동력으로 늘 되어있었다.

　영혼의 고차원 향수에 속하는 예술로서의 복합상징시문학은 환각의 무질서한 흐름 속에서 새로운 질서를 세운 다음 가상세계의 낯선 세상을 현실에 친근하게 펼쳐 보이는 예술의 한 형태이다.

　이런 견지에서 볼 때 환각에 대한 의식(意識)과 그에 의한 포착의 지혜는 이차원(異次元) 세상을 열어가는 첩경으로 되기도 한다.

　환각의 경지는 기성된 현실의 룰을 벗어나 자유분방한 변형의 세계로서 그 양상(樣相)은 순식간에도 천변만화를 가져온다. 그 변화의 명맥을 틀어쥐고 있는 핵심고리가 바로 화자의 정감세계와 그 팽창의 크기와 세기와 길이와 너비와 높이에 정비례되고 있음을 역점(力點) 찍어둔다.

황희숙 시인의 시집 「지워진 글씨」는 바로 환각의 이변(異變)을 통한 정감표출의 이미지 또는 스토리 또는 이미지와 스토리가 혼용(混用)된 장면의 흐름으로 화자의 경지를 펼쳐 보이는 데서 이색적인 자극을 불러일으키고 있다.

날개 돋친 커피향
쪽배 탄 상아(嫦娥) 목에
스카프 둘러주고

풍차 돌리는 구름과 샛별의
반짝이는 노랫소리
장미꽃 향기로 시간을 빛내준다

잡은 손 놓지 못 하는
음양의 사랑싸움에
말라붙은 분수(噴水)의 한(恨)

허공 떠도는
종착역 이유 한마디가
무소유(無所有)의 숨을 톺는다

―시 "꿈 그리고 꽃의 이미" 全文

위 보기 시는 처음부터 환각의 문을 활짝 열고 환상의 나래를 펴고 있다.

커피향에 날개 돋쳤다→쪽배 탄 상아(嫦娥)→그런 상아(嫦娥) 목에 커피향이 스카프 둘러준다.

110

첫 연 전부가 환각과 환상으로 과장된 변인화의 기법으로 너무나도 생동한 장면을 형상으로 펼쳐 보이고 있다.

두 번째 연을 살펴보자. 여기에서 구름과 샛별은 그냥 존재 그 자체로서의 물질에 불과하지만 화자는 그것을 변인화하여 노래 부르는 것으로, 그것도 풍차를 돌리면서 노래 부르는 형상으로 둔갑시켜 줌으로써 동화적 친화적인 자극인출에 성공한다. 그런데 화자는 여기에 그친 것이 아니라 구름과 샛별의 부르는 노래는 반짝거리면서 시간을 닦아주는데 그것마저도 장미꽃 향기로 시간을 닦아준다고 하면서 화자의 경지를 한 차원 더 높이 끌어올리고 있다.

환각이란 그 사람의 내심정서의 산물이다. 환각의 경지가 어떠냐 하는 것에 따라 그 사람의 내심세계의 노출이 펼쳐지기도 한다. 황희숙 시인은 바로 이 점에 포인트를 면바로 맞추고 있기에 상술한 효과도 가져올 수 있는 것이다.

계속해서 상기의 보기사례 시를 더 파보도록 하자.

인간을 포함하여 세상의 이치는 적당선에서 스톱정도를 장악할 줄 알아야 한다. 이를 두고 절충(折衷)이라고도 한다. 그런데 인간은 "욕망"이라는 이 한계의 유혹에 이끌려 늘 팽창의 과오를 범하게 된다. 이는 필연코 슬픔과 고통으로 이어지며 더 나아가서는 아픔과 참극을 낳는 비극의 원인이 되기도 한다.

잡은 손 놓지 못 하는
음양의 사랑싸움에
말라붙은 분수(噴水)의 한(恨)

화자는 상술한 이치를 바로 이 한 단락의 설명적 이미지로 농축시켜 펼쳐 보이고 있다. "잡은 손 놓지 못 하는", 이 구절은 욕망에 대한 집착을 뜻하며 "음양"은 좋고 나쁨과 크고 작은 이익의 많고 적음을 상징한다. 그런 것에 대한 "사랑싸움"은 사욕을 앞세우는 아귀다툼에 대한 해학적이며 역설의 표현이다. 결국 삭막해가는 인간 세상을 화자는 "말라붙은 분수(噴水)의 한(恨)"이라는 이미지 개념으로 축도를 그려 보인다.

111

시는 이쯤해도 될듯한데 화자는 그 경지를 기어이 한 차원 더 끌어올렸다. 다시 그 차원 경지의 마지막 연을 돌이켜 보자.

허공 떠도는
종착역 이유 한 마디가
무소유(無所有)의 숨을 톺는다

아주 짧고 간단한 말 같지만 이 속엔 거룩한 철리와 가르침이 깃들어있다.

아무리 옴니암니 따지고 떠들어도 인간은 이 생을 마감할 때엔 누구나 무소유(無所有)의 운명을 회피할 수 없다. 그래서 인생무상이란 말도 존재하는 듯싶은 시점이다. 화자는 이 대목에서도 그냥 이념적 역설에 그친 것이 아니라 "허공 떠도는", "숨을 톺는다" 등 가시화(可視化)된 환각적 영상(影像)으로 이미지 변형을 실현하고 있다. 이 점이 대단히 크게 점수를 따고 있다고 해야 할 것이다.

시란 무엇인가. 단지 언어를 비탈아 교묘하게 본의(本意)를 상징으로 펼쳐 보이는 기교놀음에 의해서만은 성립될 수 없다. 물론 시는 표현의 예술이기에 표현기법은 우선으로 되는 인소로 주목되지만 시속에 녹아 흐르는 사상의 거룩함이 없이는 잰내비가 사람의 옷을 입고 사람의 흉내를 내는 격과 다를 바 없다.

황희숙 시인의 시 세계는 비움과 수용의 불교적 사상의 흔적도 슴배어 있다. 세상에 대한 관용과 포용의 여유로움과 비움의 섭리에 대한 깨달음으로 여유작작 살아가는 자세가 시속에 곱다라니 슴배어 있는 것이 돋보인다.

황희숙 시인의 다른 시 "미소"에 비낀 이미지와 그 속에 용해된 사상의 경지를 조명해 보기로 하자.

시간도적들
진주보석 반찬에
술 마시고 비틀거려도

염불(念佛)하는 구멍 난 시간엔
물보라 일고

목탁소리가 바다의 잔등에 업혀
대안에 뿌리 내린다

노 젓는 인생살이도
비어있는 대나무 숲처럼
휘파람 부는 이유를

바람이 대신
들고 다닌다

－시 "미소" 全文

위에서도 언급했듯이 인간이란 부단히 팽창하는 욕망의 올가미에
납작 걸려들어 절충(折衷)의 섭리를 망각하게 된다. 그것이 초래하
는 변질된 삶의 양식(樣式)은 기형적인 보응으로 결실을 맺게 된다.
　화자는 드바쁜 일상에서도 짬만 나면 사욕에 머리 굴리는 인간의
근성(根性)을 "시간도적들 진주보석 반찬에 술 마신다"고 해학적 이
미지로 꼬집었으며 그 보응의 결과를 취해서 "비틀거리는" 능동적
(能動的) 표현으로 교대해주고 있다.
　뒤늦게나마 찾은 깨달음이지만 그것이 가슴에 각인되기까지는
"구멍 난 시간에 물보라 일 듯이" 불안정의 과정이 따르게 되어있
음을 형상적 은유로 상징을 펼쳐 보이고 있다. 그렇지만 성숙의 이
치를 깨닫는 노력의 과정은 바다가 등에 업고 대안으로 가서 뿌리
내리게 한다. 여기서 "바다"는 관용과 수용의 대명사가 된다.

노 젓는 인생살이도
비어있는 대나무 숲처럼
휘파람 부는 이유를

바람이 대신
들고 다닌다

    이 대목에서는 힘겨운 인생살이에서 이래저래 응어리진 한(恨)을 내리워 놓으면 "휘파람 부는" 여유로운 삶이 된다는, 그게 바로 극락의 경지임을 제시해주고 있는데, 대나무처럼 속을 비워야 "휘파람 부는 숲"을 이룰 수 있음을 가르쳐주고 있다. 그 경지에 오를 수 있다면 바람처럼 신선처럼 자유로운 삶을 만끽한다는 도리를 이념으로 펼쳐 보이고 있다. 하지만 여기에서도 역시 "인생살이도… 대나무 숲처럼 휘파람 부는", "바람이 대신 들고 다닌다"는 등 환각적 변형으로 펼쳐 보이고 있다.

    복합상징시란 단일상징의 복합구성을 이루는 것으로 그 의미를 가지고 있다. 상징이란 화폭의 상징도 있지만, 스토리를 주선으로 한 장면의 상징, 이념의 상징, 서정흐름의 상징, 외형과 내함의 상징, 소리의 상징… 등 갈래가 많다. 이런 상징들은 화자의 정감팽창을 바탕으로 인기되는 환각의 변형에 충실해야 하며 여러 갈래의 상징들이 유기적 결합으로 복합구조를 이루어야 한다.

    그 어떤 세상이든 단일구조의 세상은 존재불가능으로 된다. 물론 단일구조와 복합구조의 참조치(參照値)를 어떻게 정하느냐에 의하여 결정되겠지만 그것도 상대적이라고 말할 수밖에 없다. 참조치(參照値)에 의하여 규명된 단일구조도 진일보 세분해보면 역시 복합구조의 우주가 깃들어 있음을 세상은 부인할 수 없는 진실로 받아들이고 있다.

    황희숙 시인의 시작품들은 바로 이 점을 확실히 지키고 있다.

    인간은 세상을 살아가면서 수많은 낙서와 정서(正書)를 남기게 되는데 낙서한 글씨들은 지워버리기에 애쓴다. 하지만 지워버린 글씨의 흔적은 기억에 그냥 남아 괴로울 때가 많다. 그러나 그런 삶을 성숙으로 받아들이며 회한(悔恨)에 잠겨 새 출발을 꾀하는 것이 바로 인간이다.

    시의 내함에 대한 분석은 더 펼치지 말고 황희숙 시인의 시집의 표제시로 되고 있는 "지워진 글씨"을 음미해 보자.

파도 위에 새긴 이름
거품 되어 출렁이고
눈물 닦는 감탄표의 흐느낌
바위로 굳어 있다
잔디 푸른 시간 귀퉁이에
뛰어놀던 그림자는 어느 바로
꼬리 감추었을까
꽃펴나던 순간들을 잘근잘근
씹어 삼키며
어둠도 깜박깜박 불 켜들고
사랑 찾아 떠난다

얼핏 보면 그냥 평이로운 언어조합으로 화자의 정감을 펼쳐 보인 서정시 같지만 환각의 변형들로 충만되어 있음을 어렵지 않게 보아낼 수 있다.

파도 위에 새긴 이름→ 그 이름이 거품 되어 출렁인다→눈물 닦는 감탄표→그 감탄표의 흐느낌이 바위로 굳어 있다→잔디 푸른 시간→시간의 귀퉁이→그 귀퉁이에 뛰어놀던 그림자→ 또 그 그림자는 꼬리 감춘다→꽃펴나는 순간→그 순간들을 잘근잘근 씹어 삼킨다→ 어둠이 불 켜들고 사랑 찾아 떠난다

이렇게 하나씩 각을 뜯어놓고 보니 어느 것 하나가 환각적이 아닌 것이 없다.
복합상징시란 이렇게 환각의 흐름 속에서 장면의 조합을 통하여 화자의 경지를 펼쳐 보이는 시라는 것에 더욱 확신을 가지면서 황희숙 시인의 시집에 대한 견해를 마무리한다.

환각의 여백, 마음의 여유
―김경희의 詩集 「아침을 열다」에 비낀 놀빛

□ 백천만

　무엇을 하든 여지(餘地)를 남기라는 말이 있다. 여지(餘地)란 말은 여백(餘白)과도 통한다. 생각의 여백, 상상의 여백, 환상의 여백, 환각의 여백… 그 여백이 세상의 압박감을 느슨하게 풀어줄 때가 많다. 여백이 클수록 사람은 배포가 두둑하게 되기도 한다.
　복합상징시 창작에서 환각의 여백은 사뭇 중요하다. 환각의 경지에서 더 비전을 가져오기 어려울 때엔 그 여백에 다시 환상과 상상의 씨앗을 심어 싹 틔우면서 영혼의 새로운 질서를 찾을 수도 있다. 즉 아직 포착할 수 있는 여지가 더 있다는 것은 마음을 튼실하게 하는, 항시 준비된 삶을 제공해 주는 가능성을 시사해 주고 있다.
　늘 여지, 또는 여백, 공백을 남겨두는 것은 삶의 지혜이다. 한 수의 시에서도 여백의 경지가 엿보일 때, 독자들의 날카로운 신경도 느긋하게 된다.

　김경희 시인의 작품세계에서는 세상관조(觀照)와 처세(處世)의 느긋함이 영혼의 신질서(新秩序)구축에 여유로움을 가져다준다. 하기에 그의 시들에서는 팽팽한 긴장은커녕 객관의 입지에서 관망하는 여유로 내심의 정서활동을 이미지에 용해시켜 펼쳐 보이고 있다.

　　막대기 하나에 몸 박고
　　세월의 긴 자락
　　두 팔에 감아쥐었다
　　바람 한 장 손에 들고
　　새떼 쫓기에 밤에 낮을 이었다
　　웃을 줄도 울 줄도 모르고
　　그냥…
　　본 듯 만 듯 들은 듯 만 듯
　　심장을 움켜쥐고
　　고독을
　　펄럭 거린다

　　─시 "허수아비" 全文

　이 시는 한가로운 전야에서 밤에 낮을 이어가며 너펄거리는 허수아비의 여유작작한 형상을 그려 보임으로써 느긋한 삶의 단면을 보여주는 농축된 집약라고 볼 수 있다. 이 화폭을 마주하는 순간 독자들은 무한한 안정에 젖어들게 되면서 근면한 노동의 일상도 떠올려보게 된다.

　단선흐름으로 씌어진 시이지만 구성을 따져보면 장면의 복합구성을 이루고 있다. 두 팔을 너펄거리는 장면, 밤낮없이 새떼를 쫓는 장면, "심장을 움켜쥐고 고독을 너펄거리는" 외로운 장면… 이러한 장면들이 한데 집합을 이루면서 부지런하면서도 한가로운 노동의 일상을 펼쳐 보이는 것이다. 화자의 눈에 허수아비가 이렇게 각인되는 것은 세상을 살아가는 화자의 자세 또한 이처럼 여유가 있기 때문이 아닐까 하는 생각도 가져보게 든다.

　김경희 시인의 시는 이미지포착에서도 마음의 여유를 폭넓게 보이고 있다. 이미지조합에서 화자는 주변의 인지(認知)되는 물상들을 동원하여 그것들을 환각의 변형으로 내심발로를 실현하기도 하는데 물상들에 대한 다룸새가 재래식 룰에서 벗어나 자유분방한 조합을 이룩하고 있다.

　달아오른 커피향 온도가
　가을 한 자락
　식히어준다

　목청 간질이는 프리마의 날개가
　기다림의 목덜미에서 흘러내려
　입맛 다신다

　똑똑 떨어지는 거품무늬의
　소용돌이 속에서, 슬픔이
　미지의 에너지 반죽해 간다

　뒤틀린 이유가
　달빛 타서 마시는 시간은
　아픔이란 대명사가 속곳 속에
　꽃 피우는 안쓰러움이다

　―시 "눈물의 고향" 全文

　윗 보기사례의 시에서 이미지들의 흐름새를 살펴보자.

　커피향이 가을을 식혀준다
　　　　　↓
　프리마의 날개가 목덜미에서 흘러내려 입맛 다신다

↓

슬픔이 미지의 에너지 반죽해간다

↓

뒤틀린 이유가 달빛 타서 마신다

↓

아픔이 속곳 속에 꽃을 피운다

여기에서 등장하는 상관물인 커피향, 가을, 프리마의 날개, 목덜미, 거품무늬, 소용돌이, 슬픔, 에너지, 이유, 달빛, 아픔, 속곳, 꽃 등 이미지들은 서로 다른 성질의 이미지들이다. 하지만 화자는 이런 것들을 자유자재로 자신의 정감에 알맞게 줄 세워 움직이게 하는 것이다. 그런데 그것들은 화자의 주변에 가까이에 있는 것이 아니라 서로 동떨어져 있다. 하지만 화자는 그것들을 수요에 따라 자신의 정감표출의 선에 의하여 저마끔 움직이게 하고 있는 것이다. 그것이 바로 여유 있는 표현으로 자리매김하게 되는 것이다.

화자의 환각세계를 보면 단지 자신(自身)이 즐기는 제한된 환각의 범주를 벗어나 폭넓은 환상으로 거듭나는데 아래 시 "여명(黎明)"에서 그 흔적을 따져보기로 한다.

침묵하는 바다
기다림의 눈꺼풀에 고요가 출렁인다
해파리의 모지름
어둠의 빛줄기…
눈두덩에 아침노을 올라앉으면
그 속에서 솟아오르는 여의주

환한 세상, 찰칵찰칵
사진 찍는다

ㅡ시 "여명(黎明)" 全文

이 시에서 화자의 환각세계는 바다와 눈꺼풀, 눈두덩이다. 일반적으로 바다라고 하면 파도와 갈매기와 출렁임을 떠올리기 마련이다. 하지만 화자는 바다라는 거시적인 것과 눈까풀, 눈두덩과 같은 미시적인 것의 유기적인 결합 속에서 동화(童話) 같은 효과를 거두어내고 있는 것이다.

기다림의 눈꺼풀에 고요가 출렁이고, 눈두덩에 아침노을이 올라앉으면 그 속에서 여의주가 솟아오른다는 표현은 일상에서는 도저히 용인될 수 없는 표현들이다. 속되게 말하면 정신이상에 걸린 환각증세의 표현이라고 봐야 할 것이다. 하지만 유물론의 세계를 떠나서 영혼에 자리 잡은 정감의 세계는 워낙 기성된 현실의 룰이 깨지고 뒤탈리고 변형된 기형(畸形)의 세계이므로 그것은 오히려 예술작품 속에서 당연한 것으로 되며 매력의 근원이 되기도 한다.

왜서 그렇게 되는가. 모든 예술작품은 결코 현실을 토대로 하여 떠오른 환각의 가상세계에서 오기 때문이다. 환각이란 그 자체가 이질화(異質化) 되고 변형된 세계를 열어가기에 복합상징시에서의 변형 또는 변태적 표현은 그것이 화자의 정감의 수요에 맞게 진행될 경우엔 찬란한 경지의 승화로 거듭나게 되는 것이다.

윗 사례의 시 "여명(黎明)"은 이 면에서 본보기를 잘 그려 보이고 있다.

비록 침체된 삶이만 생의 의욕으로 열심히 분투하면 나중엔 빛나는 결실을 맺을 수 있다는 취득정과(取得正果)의 불교적 교리를 변형의 형상으로 펼쳐 보이고 있다.

기다림의 눈꺼풀
그 눈꺼풀에 고요가 출렁댄다.

이 구절을 살펴보자. 고 작은 눈꺼풀에 어떻게 고요가 바닷물처럼 출렁댈 수 있을까. 하지만 예술작품에서는 가능한 것이다.

그 애래 이미지에서의 표현도 마찬가지이다.

눈두덩에 아침노을 올라앉으면

그 속에서 솟아오르는 여의주

눈두덩에 아침노을 올라앉는다면 유물론적 입지에서는 얼토당토
않는 말이지만 형이상적 복합상징시에서는 너무나도 지극히 당연한
표현으로 되는 것이다.

상징시란 바로 이런 변태적이고 변질된 표현의 매력으로 세상을
자극하고 흥분시킴으로써 새로운 질서에 맞는 경지를 새롭게 구축
해나가는 것이다.

김경희 시인의 시집 「아침을 열다」는 바로 이같이 상술한 내용에
부합되는 복합상징시집으로서 전혀 손색이 없다고 본다.

명징한 언어, 환상적 환각흐름이 사유, 장면조합의 복합구성을 이
루는 복합상징시 창작의 한길에서 금후 더욱 알찬 주옥편들을 산출
해내리라 확신을 가져보면서 이로써 시집 「아침을 열다」의 평글을
마무리한다.

침묵 움켜쥔 숙녀의 언덕

─조혜선 시인의 詩集 「묵언(黙言)의 그림자」를 벗겨본다

□ 문 초

　방관자의 시각은 객관적인 경우가 많다. 세파에 흔들리지 않고 바위처럼 묵묵히 관조하는 묵언(黙言)의 침묵에는 우주의 묘리가 숭배어 있다. 풍운조화에 따라 옷 갈아입는 자연의 섭리와는 달리 조용히 심성(心性)을 갈고닦는 사람은 성인(聖人)의 자세를 갖춘 사람이라고 할 수 있다. 그런 사람의 가슴에서 숨새어 나오는 빛깔은 세상을 깨달음으로 숙성시킨다. 또한 그것을 시에 담는다면 우주에 넘쳐나 세상을 취하게 하는 <라이나 마리아 릴케>의 잘 익은 포도주가 된다.

　한수의 시에서 화자의 내심을 홀딱 벗겨 다 드러내 보이기보담은 더러는 살짝 보일 듯 하면서도 은밀하게 감추어두는 것이 예술이라고 할 수 있다. 직설하지 않고 에두르거나 굴절시킨 역설 또는 다른

방식으로 변형시켜 우회적으로 표현하는 것을 은유 또는 상징이라고 한다.

상징의 매력은 화자의 뜻을 글속에 용해시켜 화폭내지 스토리 또는 이념과 서정의 퍼즐조합으로 그 위력을 과시하는데, 그것이 새로울수록 흡인력이 강하게 된다. 그 새로운 것은 또한 아름다운 변형으로 승화될 때 새로운 영혼 경지구축에 더욱 확실하게 된다.

세상을 살아가면서 묵묵히 심성을 갈고닦는 것이 바로 도(道)라는 설법이 있다. 말이 없다 하여 할 말이 없는 것이 아니며 소리 높다 하여 이치가 분명한 것만은 아니다. 소리 나는 북은 힘 주어 치지 않는다는 설(說)도 있듯이, 어디까지나 신사답고 숙녀다운, 여유 있는 아량의 자세가 시인이 갖춰야 할 자세이다.

하지만 시인은 시를 쓰거나 받아 적을 뿐 시를 만들어내는 것이 아니다. 시는 시인의 육체에 잠재해 있는 영혼이 계시가 시인의 붓 끝을 빌어 펼쳐질 뿐이다.

때문에 한 사람의 시를 분석한다는 것은 그 사람을 분석하는 것이 아닌 그 사람의 영혼경지를 헤쳐 보는 것이라 할 수 있다.

침묵의 멋스러움으로 세상달관의 경지에로 박차를 가하는 조혜선 시인의 시집 「묵언(黙言)의 그림자」의 이미지는 어떤 모습으로 세상 앞에 다가설 것인지 이제 그 베일을 벗겨보도록 한다.

조혜선 시인의 시작품들은 명징(明淨)한 시어들의 조합으로써 화자(話者)의 삶의 철학내지 주장, 관점을 내재적 정서의 흐름선(線)에 따라 이미지변형의 조합으로 펼쳐 보이는 것이 특색이다.

소리의 부름에
바람은 풀죽어 있고
배신의 발등에도 꽃은 피었다

낙엽 잔등엔 이슬이
슬픔뿐이 아님을
향기의 안색이 말해주고 있다

쉰내 나는 언덕에 가시 찔린 사연
구름의 귀향길엔 놀빛도
무지개 한 자락 베어내어
소반에 받쳐 올린다

잠든 호숫가…
물풀의 이야기는 망각의 하늘에
별찌 되어 흐른다

인제는 연륜 감아쥐고
춤추는 오로라…
아지랑이 산발 넘어
침묵의 바위에 햇살 널어 말린다

　　ー詩 "침묵의 언어" 全文

　시집의 표제시(標題詩)로 되고 있는 이 시에서는 세월의 세례 속에 상처 입은 마음들이 성숙으로 침묵하는 화자 마음 경지를 그려 보이고 있다. 위에서도 언급했듯이 세파에 시달리며 소외 되어있는 사래 긴 상처의 이랑마다엔 소금꽃 허옇게 피어오르겠지만, 화자에게는 그냥 묵언(黙言)의 화폭으로 그 아픔과 힐링의 공간 여백을 제시해주는 것으로서 마음 그릇의 크기와 느긋한 성품의 폭을 보여주고 있다. 그러면서도 직설을 떠나 은유적 표현으로 우아하고 멋스러운 숙녀의 향기를 남김없이 과시하고 있다.

　살다 보면 배신당하고 소외당하는 나날들이 많다. 그렇지만 그것에 대한 각자의 수용정도는 각이할 수밖에 없다. 화자는 어려움 속에서도 희망을 잃지 않고 모든 것에 대하여 너그럽게 관용하는 보귀함을 가지고 있다. 그런 심성이 시를 만들고 있는 것이다.

　"소리의 부름에/ 바람은 풀죽어 있고…" 이 대목은 소외된 삶의 저락된 나날들을 뜻하는데 "바람이 풀죽어 있는" 형상으로 대변시켜 보여주고 있으며 "배신의 발등에도 꽃은 피었다"는 이 시구(詩

句)는 삶의 질고에서도 용기와 희망을 간직하고 있음을 보여주고 있다. "배신의 발등에도 꽃이 피었다"는 표현은 잘된 해학적 변형 사례라고 할 수 있다.

보기:

직설의 경우ー소외당하고 배신당한 삶이지만 용기와 희망을 잃지 않았다

상징의 경우ー배신의 발등에도 꽃은 피었다

윗 보기사례에서 우리는 두 가지 경우의 차이점을 쉽게 찾아볼 수 있다. 직설의 경우는 용속한 일상적 표현이지만 상징의 경우는 신사적 스타일의 표현이다.

복합상징시에서는 신사, 숙녀다운 스타일의 표현을 고집하므로 직설의 경우는 배척받게 되는데 막 말 해서 센스 넘치는 예술적 표현을 하라는 것이다.

조혜선 시인은 바로 이 점을 잘 포착하여 능숙하게 다루고 있는 것이다.

그 고요로운 침묵 심처에는 표면에 머무르는 슬픔내지 상처 이상으로 큰 고통이 웅크리고 있음을 화자는 역시 화폭의 언어로 대변하고 있다.

...

낙엽 잔등엔 이슬이
슬픔뿐이 아님을
향기의 안색이 말해주고 있다

쉰내 나는 언덕에 가시 찔린 사연
...

위 구절에서 "낙엽 잔등엔 이슬이 슬픔뿐이 아니"라는 것은 상징

의 직설로 된 이념의 발로이지만 화자는 그것을 "향기의 안색"이라는 것으로 교묘하게 대변하여 보여주었다.

> …
> 구름의 귀향길엔 놀빛도
> 무지개 한 자락 베어내어
> 소반에 받쳐 올린다
>
> 잠든 호숫가…
> 물풀의 이야기는 망각의 하늘에
> 별찌 되어 흐른다
> …

이 구절에서는 세상의 모든 욕망(慾望)과 회한(悔恨)의 정을 비워버리고 홀가분한 심정으로 삶 앞에 마주 서며 느껴지는 깨달음의 경지를 보여주고 있다. "무지개 한 자락 베어내어 소반에 받쳐 올린다"거나 "망각의 하늘에 별찌 되어 흐른다"는 것은 삶에 대한 화자의 아름다운 극성과 성품의 표현이며 그것을 위하여 상기의 이미지를 창출해낸 것은 화자의 심후한 내공이 극점으로 치닫고 있음을 의미한다.

> 인제는 연륜 감아쥐고
> 춤추는 오로라…
> 아지랑이 산발 넘어
> 침묵의 바위에 햇살 널어 말린다

표제시(標題詩)의 종결부분으로 되고 있는 이 시구(詩句)에서도 삶을 갈무리 하는 화자의 득도(得道)의 경지를 변인화(變人化)의 능동적가시화(能動的可視化) 작업으로 실현하고 있다.

"오로라"가 산발 넘어서 사람처럼 침묵의 바위에 햇살 널어 말린다.

126

눈앞에 보는 듯이 생생한 영상(影像)이다. 화자는 이런 영상의 나열로써 화자 사상의 내함을 용해시켜 암시하여준다.

바위는 왜 침묵하며 오로라는 왜 산발 넘어서 올 것인가. 그리고 햇살은 왜 널어 말리우는가, 햇살은 젖어있거나 좀이 나서 그럴 수도 있겠지만 왜서 젖었거나 좀나 있을 것인가.

이 모든 것에 대하여 화자는 묵언의 화폭에 그 해답을 감추어두고 있다. 굳이 그에 대하여 해석, 설명하지 않아도 눈앞에 전시되어 있는 이미지들의 변형된 화폭을 통하여서도 세상은 얼마든지 짐작, 파악할 수 있다는 것을 잘 알고 있기 때문이다.

한 수의 작은 시이지만 그 속엔 화자의 인생을 담고 있으며 세상의 섭리와 삶의 자세를 펼쳐 보이는, 우주와 세상을 담는 놀라운 효과를 불러일으키는 수작(秀作)이라고 할 수 있다.

조혜선 시인의 이러한 경지의 작품들은 절대 다수가 이렇게 이 한권의 시집을 도배하고 있다.

구태여 목청을 높이고 손발 놀릴 필요 없이 그냥 바라보고 경청하기만 하여도 그 진가를 가려낼 수 있는 것은 삶의 지혜이다. 산에 오르지 않아도 산의 풍요로움을 알 수 있고 바다에 내려가지 않아도 바다의 설렘을 알 수 있다는 말은 이와 같이 능자(能者)의 달관한 경지라고 정의(定義)를 내릴 수 있다.

소요스런 삶의 현장에서 관조와 성찰의 지혜는 찬란한 예술창출의 발단으로 된다.

똑같이 서있는 두 사람 앞에
앉아있던 노란 옷 아줌마
옆 사람 자리 앞에 실실 웃는다
여기 앉으세요
붉은 옷 아줌마가 하는 말
제 앉지...
노란 옷이 눈치를 보며 대답한다
아줌마가 더 아파보여서…
어떻게 아오?

내 심장에 지름대가 말해줍데
노란 옷이 차갑게 묻는다
몇 개 넣었어요?
붉은 옷이 하나 넣었다고 대답한다
우우~ 나는 두 개나 넣었는데
노란 옷이 하는 말
붉은 옷도 노란 옷도 눈을 맞췄다
침묵…
노란 옷이 피아노 공부 간다는
목소리의 자랑스런 뉘앙스를 싣고
버스는 달린다
지구의 저켠, 기다림 명멸하는
별빛 흔적을 따라…

　　－詩 "행차(行次)·2" 全文

　이 시는 시내 공공버스에서 목격한 삶의 한 장면에 대한 묘술의
형식으로 된 스토리식 복합상징시에 속한다.
　그냥 일상의 한 장면을 썼음에도 불과하고 그것이 예술로 승화될
수 있는 까닭은 일상의 작은 편린(片鱗)들을 통찰과 조화의 감정선
에 따라 그것을 목걸이, 팔걸이와 같은 아름다운 장신구로 도배해놓
았기 때문이다. 여기에서 생활의 퍼즐조합을 그대로 원시상태 그대
로 진열해놓는다면 예술로 되기 어렵다. 이런 경우엔 반드시 일상의
재연(再演)으로부터 환각의 변형을 거친 승화로 갈무리를 해야 하
는데 화자는 이 점을 잘 포착, 완수하였기에 크게 점수를 매겨줄 수
있다.
　시에서 등장하는 두 아낙의 주고받는 대화는 서로 비겨보고 대조
해보는 인간 삶의 본능적 참 모습을 그려내고 있으나 화자는 종결
부분에 가서 그러한 삶의 향기를 싣고 버스는 "기다림 명멸하는 별
빛 흔적을 따라" 달린다고 하였다.
　기실 누구든 "기다림 명멸하는 별빛 흔적을 따라" 내처 달리고

있는 것이다. "기다림 명멸하는 별빛 흔적을 따라" 가는 곳은 현실보다 훨씬 더 월등한 세계임에는 의심할 나위가 없다.

화자는 이처럼 지극히 익숙한 일상의 한 쪼박에 포인트를 정하고 렌즈의 초점을 맞추면서 영혼의 경지를 차원 높이 끌어올리고 있다.

여기에서도 화자는 함께 참여하여 궁싯대지 않고, 그냥 차분히, 침묵하는 바위처럼 묵언의 정화(淨化)를 실현하고 있다. 말은 않았지만 기실 주옥같은 말을 환각의 하늘에 뭇별로 박아 넣은 것이다.

이 한권의 시집에는 이외에도 수많은 작품들이 저마끔 향연(饗筵) 속에 빛을 산발하고 있지만 이쯤에서 략(略)하도록 하겠다.

시영역의 새로운 유파로 꽃펴나는 복합상징시의 멤버로 활약하는 조혜선, 숙녀(淑女) 시인의 언덕에 더욱 알찬 열매들 영그는 소리가 들려오기를 기대해본다.

129

일상 속에 감춰진 환각의 따스함

－류송미 시인의 시집 「어느 날의 토크쇼」를 엿들으며

□ 이강산

인간은 수많은 일상들의 연장선을 거머쥐고 삶을 엮어나간다. 그게 바로 인생이다. 매 하나의 일상들은 시시각각 환각, 착각, 생각들로 붐을 일으키며 그것들은 다시 환상, 상상의 융합 속에서 질서를 찾아 룰을 지켜나가게 된다.

시란 바로 이런 수많은 일상 속에서 화자가 감내하는 마음의 움직임을 통하여 독자적인 영혼의 경지를 펼쳐 보이는 것이다. 이러한 화자의 경지는 환각을 발단으로 한다는 데 그 중요성이 깃들어있다. 또한 이런 환각들은 일상을 바탕으로 무의식속에서 돌연적으로 浮上하여 꽃을 피우게 되는데 그 향기의 연줄에 따라 화자는 상상과 환상을 펼쳐가면서 능동적인 가시화작업을 통하여 변형의 경지를 구축하게 된다.

인간이 자신의 경지를 변형시켜 표출시키는 데엔 신선한 자극을 위한 탈변의 수요라고 할 수도 있다. 새로운 자극은 세상을 흥분시키며 흥분이 극치에로 치달아오를 때 세상은 최상의 오르가즘을 느끼게 된다. 자극 없는 삶은 고요한 늪과 같으며 고인 물은 결코 썩기 마련이다.

생명의 표징이 움직임에 있듯이 한 수의 시에서도 움직임의 적절한 표현과 탈변을 위한 변형된 이미지는 새로운 경지를 열어주게 된다.

류송미 시인의 경우, 일상의 매순간을 동반하고 있는 환각의 이미지를 핀센트로 집어 현미경으로 들여다보면서 그것을 여유 있게 스토리에 용해시켜 보여주고 있다.

시집 「어느 날의 토크쇼」가 펼쳐 보이는 시인의 경지는 느긋한 스토리의 흐름 속에서 환각을 통한 화자의 정감세계와 삶에 대한 자세를 반추해보이고 있는 것이 특색이라고 딱 점찍어 말할 수 있다.

친구동생의 부탁으로 월셋방 물색하는 일은
가슴 부푸는 아침을 만져주었다
학교 가는 길에 3층 집을 세 준다는
전화번호가
등교하는 어린이들 모습으로 깔락뜀 뛰며
교문에 들어선다
저마다 손에 들고 있는 놀잇감의 그림자가
경찰모양을 하면서 질서를 지킨다고
시간의 허리를 잡아 끈다
따르릉… 수업시간입니다
선생님의 입술사이를 삐져나가는
기름 발린 발음들이 다시
전화번호 되어 교실 안을 감돈다
셋집 하나에 매달 백 원씩 하면
일 년이면 얼마 되죠, 라고 묻는 말에

병아리 같은 어린이들의 재잘대는 목소리…
셋집, 셋집… 천이백~!
정답입니다, 짱입니다요…
교실 안팎에 친구동생의 부탁소리가
바람 되어 향기 되어 헐벗은 공간을
꽃피워준다

-詩 "셋집메아리" 全文

　상술한 시에서는 친구의 부탁으로 세집 찾아주려는 화자의 아름다운 심성을 보여주고 있다.
　오스트리아 정신분석학파 창시인 지그문트 프로이트는 인간의 본능에 대하여 "성(性)에 집착하는 사람은 나무옹지를 봐도 성기(性器)를 떠올린다"고 하였다. 이 말은 생각의 착안점을 어디에 두느냐 즉 생각의 포인트를 잡는 것의 중요성에 대한 정론으로 되기도 한다.
　조선창극집 "춘향전"에서는 이몽룡이 춘향이한테 홀딱 반하여 마음 걷잡지 못 하는 것을 달을 봐도 춘향의 얼굴이요, 책을 펼쳐도 책속에서 춘향이가 걸어 나오며 천정을 쳐다봐도 춘향이가 날아 내리는 것 같다고 하였다.
　이 모든 것들은 인간의 집착과 연연함으로 초래되는 결과적인 현상은 실재의 현실이 아닌, 가상의 실재라는 것들 뜻하여 준다. 때문에 이미지 포착에서는 사진의 정서에 걸맞은 렌즈를 늘 소지하고 있어야 한다. 팽창된 정서가 그 렌즈를 통하여 투영될 때엔 렌즈가 가지고 있는 마술적 색상으로 그 형태를 드러내게 되기 때문이다.
　상기의 보기사례 시에서 스토리에 슴배어 있는 환각의 흐름을 살펴보도록 하자.

　월셋방 물색하는 일은 가슴 부푸는 아침을 만져준다
　　　　　　　　　　　↓
　등교하는 어린이들 깔락띔이 세집광고 전화번호로 보인다
　　　　　　　　　　　↓

강의(講義)하는 화자의 발음들이 전화번호 되어 교실 안을 감돈다
↓
세집 맡아달라는 친구동생의 부탁이 바람 되어 향기 되어 헐벗은 공간을 꽃피워준다

보다시피 화자의 환각은 시종 친구동생의 월셋방 얻어주는 일에 관통되어 있다. 그러므로 시에서 화자의 환각은 정서팽창의 토대위에 꽃을 피운다고 하는 것이다. 이 시에서도 마찬가지이다. 가령 남을 도우려는 화자의 아름다운 심성의 팽창이 극도에 이르지 않았다면 상기의 환각들의 생성은 이룩되지 못할 수도 있는 것이다. 때문에 시는 일상 속에 슴배어 있는 화자 내심의 강열한 움직임의 장면이라고 말하게 되는 것이다.

같은 경우의 일상이지만 그것을 수용하는 인간 자세의 각이함에 따라 삶에 부여되는 색채 또한 다양한 결과를 가져오게 된다. 이렇게 되는 주요인은 각자의 마음의 그릇과 삶을 통찰하는 여유의 한계가 각이하기 때문이다.

류송미 시인은 일상의 매순간마다 가슴 터지고 뼈를 깎는 아픔일지라도 초탈의 헌헌함으로 여유 있는 자세로 자신의 삶을 만끽하고 있다.

콘크리트 길 위에 떨어진 낙엽
지저분한 시간의 흔적들이 얼룩져 있다
뜯겨져 있는 기억들 흐르는
그 소리가 바람 되어
바닥에 배를 붙인다
건물 저켠 비쳐드는 햇살의 그림자
길 저켠에는 어둠도 기다리고 있었다
그 건너 켠, 짙푸르게 미소 짓는
소나무 숲을 지나
오순도순 계절이 모여 사는 동네의 뜬 이야기들이
한낮의 기다림 펼쳐

젖은 사랑 펴 말리우고 있다
딴딴한 길에는 기다림
몸져눕는 소리가 들린다

　－詩 "골목길" 全文

　인간은 태어나는 순간부터 고통의 연장선이라는 말도 있다. 인생을 살아가면서 파란곡절의 세파를 겪지 않는 사람은 없다. 위 시의 경우, 화자는 삶의 질고를 초탈한 경지에서 여유 있게 관조(觀照)하는 자세로 세상을 보듬고 있다.

　콘크리트 길 위에 떨어진 낙엽을 보고도 화자는 그저 지나치지 않고 "얼룩진" "지저분한 시간의 흔적"이라고 삶의 가슴 아픈 나날들에 대한 환각의 상징을 펼쳐 보이고 있다. 상처 입은 기억의 순간들은 참기 어려울 만치 "바닥에 배를 붙인다". 삶이 길에는 "햇살의 그림자"도 있고 "어둠"도 도사리고 있지만 "미소 짓는 소나무 숲을 지나" "오순도순 계절이 모여 사는 동네의 뜬 이야기들이 기다림 펼쳐 젖은 사랑 말리우고 있다."

　여기에서 "뜬 이야기들"은 성숙을 맞이하지 못한 삶의 조각들일 것이며, 그러하기에 "젖은 사랑" 펴 말리우며 "기다림을 펼치고 있는"것이다. 이 대목에 대한 언술은 순결무구할 수만은 없는 세상이 부단히 성숙에로의 연마의 과정으로 거듭난다는 철리를 안받침 해 준다.

　삶이란 결국 긴긴 기다림으로 이어지며 그것들은 종내는 염원(念願)의 그림자로 세상에 하직을 고하게 되는 것이 섭리이다. 화자는 이러한 이치를 지극히 객관현실의 상징으로 되고 있는 "딴딴한 길"에 "기다림 몸져눕는 소리"의 형상으로 변형시켜 펼쳐 보이고 있는 것이다.

　마지막으로 이 시집의 표제시로 되고 있는 "어느 날의 토크쇼"를 살펴보기로 하자.

어느 날의 토크쇼

볼륨 낮춘 메아리를 호주머니에 넣고
바람이 둥지 찾던 날
햇살과 구름의 이야기는
입 다물어 버렸다
고생살이 뒤끝에는 낙이 온다는
실낱같은 예언마저
병마의 딸꾹질에 잠들지 못 하고
졸음 쫒는 별들의 깜박거림도
새벽언덕 안개로
덮어 감춘다
무병장수 비결이 너덜거리는
광고판 얼굴같이
엇바뀌며 달리는 차량들 신음소리가
시간의 귀퉁이 눌러주고
주고받는 사랑과 이별의 난센스가
푸른 하늘 잘라
봄 오는 들녘에 깔아주었다
릴릴~ 룰룰~
즐거움의 명멸하는 기억의 공간에서
둘만의 이야기가
하루를 으스러지게
틀어잡는다
손님 싣고 고개 넘는
운전기사의 머리 위에
휘파람새가 난다

화자는 시에서 시종 직설을 피면하고 있다. 정감의 깊이와 너비,
높이를 그냥 환각적인 장면들로, 스토리의 편린들의 유기적인 조합
으로 대변(代辨)하여 발설하고 있다.

복합상징시에서뿐만 아니라 모든 예술에서의 무작정의 직설은 금물로 되고 있는 것이 상식이다. 화자는 이 면을 단단히 틀어쥐면서도 마음의 여유는 시종 열어놓고 있다. 동일한 경우를 당했을 때 단추를 꽁꽁 잠그고 정색하는 대부분 동양인들에 비하여 총알이 쓩쓩 날아오고 대포알이 곁에 떨어지는 순간에도 유모아르 섞어가며 전투에 임하는 서양인들의 마음의 여유에 대하여 누군가 말했던 적도 있다.

세계를 제패하려고 꿈꾸었던 보나파르트 나폴레옹은 참사가 벌어지는 싸움판에서도 작은 술상을 차려놓고 와인 잔을 부딪치며 마음의 여유를 나누었다고 한다.

한 수의 시를 비롯한 모든 예술작품에서도 이런 여유의 미학은 독자들로 하여금 세상에 대한 회의(悔意)로부터 해탈의 감수를 만끽하게 할 수 있다.

류송미 시인의 "어느 날의 토크쇼"는 세상에 대한 너그러운 포용의 자세를 느긋한 비유의 이미지들로 환각의 조합을 이룩해내고 있다.

살면서 퇴색해진 나날들을 맞이하는 화자의 자세는 아래와 같은 여유 있는 표현으로 펼쳐 보이고 있다.

볼륨 낮춘 메아리를 호주머니에 넣고
바람이 둥지 찾던 날
햇살과 구름의 이야기는
입 다물어 버렸다
고생살이 뒤끝에는 낙이 온다는
실낱같은 예언마저
병마의 딸꾹질에 잠들지 못 하고
졸음 쫓는 별들의 깜박거림도
새벽언덕 안개로
덮어 감춘다

이런 표현들은 직설의 단순함과 유치함과는 달리 자못 신사적인 매력을 안겨주는 삶의 지혜라고 말할 수 있다.

화자는 이러한 현실이지지만 그래도 그 속에서 해탈을 꿈꾸면서 모질음 쓰고 있는데 그 표현은 다음과 같은 환각의 장면으로 멋스럽게 펼쳐 보이고 있다.

무병장수 비결이 너덜거리는
광고판 얼굴같이
엇바뀌며 달리는 차량들 신음소리가
시간의 귀퉁이 눌러주고
주고받는 사랑과 이별의 난센스가
푸른 하늘 잘라
봄 오는 들녘에 깔아주었다
릴릴~ 룰룰~
즐거움의 명멸하는 기억의 공간에서
둘만의 이야기가
하루를 으스러지게
틀어잡는다

여기에서 "릴릴~ 룰룰~" 이 대목은 어둠속에서 빛을 찾는 화자의 밝고 명랑한 자세와 마음의 그릇을 보여주는데 크게 유조(有助)되는 분위기 전환의 관건적인 대목으로 된다. 만약 이 구절을 빼놓고 잃어 내려간다면 작품의 내재적 흐름선엔 비약이 사그라들며 크게 손상이 가게 될 것이다. 이런 정서비약의 전제하에서 화자는 달관한 자의 신나는 경지를 다음과 같이 펼쳐 보이고 있는 것이다.

손님 싣고 고개 넘는
운전기사의 머리 위에
휘파람새가 난다

한마디로 류송미 시인의 시는 복잡다단한 내심의 정서활동을 내재적 연결고리를 틀어쥐고 여유작작한 스토리의 환각적 장면의 조합으로 유기적 결합시키는 데 성공한 작품들이라고 긍정해줄 수 있다.

◆ 다른 풍경선 ◆◆

편집자의 말:

「詩夢」잡지는 제4호부터 각이한 유파들 가운데서 대표성을 띠고 있는 조선족시인들의 작품을 가려 뽑아 「다른 풍경선」이라는 테마로 독자들에게 선보이고 있다.

복합상징시라는 낯선 영역의 시탐구와 실험에 큰 박수를 보내주시는 여러 유파의 대표적 시인들에게 감사의 인사를 삼가 드린다.

최룡관/밝은 등불 하나를 (외 6수)
전병칠/저 태양을 다치지 맙소 (외 6수)
이임원/꽃의 언어(외 4수)
이상학/진달래·2 (외 4수)
이호원/꽃보기 (외 4수)
윤청남/조선기행시 한 묶음
김경애/봄을 세일합니다(외 5수)

밝은 등불 하나를 (외 6수)

□ 최룡관

어머님이 연기 타고 가시던 날
뜨락의 접시꽃이 꽃잎을 열었다
한세상을 받아 안았다

그렇듯 조용히 가시는 어머님
수집은 달빛이 어루만져주고

어머님은 소녀처럼 가시고
접시꽃은 호함지게 피어나

나에게
밝은 등불 하나 켜주었다

고향의 축객령

도시를 멀리 떠난 사람
고향으로 갔다

멋진 양복에 넥타이를 매고

맑은 물이 깔깔대는 강가에 서니
강물이 새된 소리를 지른다
저리 비켜요 신사님
가스냄새가 코를
찔러요 눈앞이 아찔해나요

청풍이 뛰노는 산에 가니
새들이 저만치서 아우성친다
미안해요 신사님
신사답게 어서 떠나세요
속이 메슥메슥해요

또다시 상상

누가 내 발을 묶으려 하는가
느가 내 손을 묶으려 하는가
나는 고삐 없는 말이다 바람이다
모든 장벽을 물바래로 휘날리고
모든 천장을 분수로 뿜어버린다
썩는 묵밭을 쓸어버리고
나의 오붓한 터전을 닦는다
구릿빛 팔에 안긴
아가씨 하얀 배가 뿜어내는
울음소리
무지개정글에서 무성하는 키스
오, 나의 천사들이여
때려라 부셔라 낳아라

140

시간의 프리즘

해는 앞바퀴 달은 뒷바퀴
시간을 끌고 굴러 간다

시간의 가지에 새가 앉아 울다가 가면
나비가 날아와 부채질해보고
나비가 날아간 자리에
국화꽃이 매달려 그네를 뛴다

시간의 언덕에서 다람쥐가 밤알을 줏고
시간의 언덕에서 빨간 뱀이 혀를 날름거리고
물고기가 울고 있다

시간저울에서 산이 저울추 되어
하늘이 몇 근 가는가 떠본다

고독

돌이다 돌 고독은
빛과 물감이 응어리진 돌이다
쳐서는 깨어지지 않고
절로 깨어지는 돌이다
물바래처럼 깨어지면서
수천의 잎으로 피는 돌이다
수만의 새로 날아나는 돌이다

조상

산에 갔다
참나무는 가파로운 산릉을 끌어안고
물구나무 서있어도
푸른 잎새를 설렁거리었다
꽃은 바위틈서리에
피었어도
맑은 웃음을 웃었다
벼랑은 물 한 방울 없는 몸으로 우뚝 서서
사철 푸른 소나무를 키우고 있었다
하늘은 풀잎사귀 사이사이에 발을 묻고
산을 꼬옥 끌어안고 있었다

최룡관:
1944년 1월 2일 출생.
중국작가협회 회원. 한국 현대시인협회 회원.
연변작가협회 부주석, 연변일보 문화부 부장 역임.
「최룡관문집」 등 14권 작품집 출간. 중국 소수민족 준마문학상 수상.
「이미지시 창작론」, 「하이퍼시 창작론」 출간.

저 태양을 다치지 맙소 (외 6수)

□ 전병칠

우리 엄마
부엌아궁이 앞에 벼짚 깔고
나를 낳을 때
나한테 선물을 주었습꾸마

동산에 뜨는 해 나에게 주고
뒤뜨락 항아리 물속에 있는
둥글둥글 달님과 반짝이는 별들이
다 다 내 것이라고 말했습꾸마

내 몸에 붙어있는 살을
곱게 곱게 살찌우고
내 몸의 **뼈**를 건실하게 키워준
내 생명의 영물

어려울 땐
거울이 되어 웃어주고
힘들 땐 마법사의 요술로
처진 어깨에 정기를 실어주고
외롭고 추울 땐

화로 같은 따사로움으로
시린 등허리 따끈하게 덥혀주는
내 인생의 보물단지

정말이지 나한텐
저 태양이 제일 큰 재산입꾸마
제발, 저 하늘에 있는
내 태양을 다치지 맙소

기러기 한마리

아침
거울을 마주하고 서니
이마 우에 기러기 한 마리
긴 날개를 펼치고 날아가고 있었네

유유히 흐르는 시냇물 없고
먹이 씨앗 하나 없는
내 좁다란 이마에서
기러기는 뭘 먹고 자랐을까

야금야금
햇병아리 같던 내 동년 먹고
넙적넙적
청초 같던 내 청춘 그리고 중년 삼키며
세월 속에 자란 기러기

이마를 쪼프려 보지만

기러기 날아가지 않네
우여! 하고 쫓아보지만
기러기 움직이질 않네

끼룩끼룩 기러기
내 이마 위에서 우네
잠자리 날개 같던 노을빛이
질벅하게 내 가슴 적시네

가방 속 나를 꺼내 점심을 대접하다

서안행 비행기
공항탑승구에서
내가 나를 잃어버리다
당황감이 땀벌창으로
얼굴을 누비다

눈도 내 눈 코도 내 코인데
내가 나를 증명할 수 없다.
비행기 탑승이 거절
나는 어디 갔지?
어디 가서 나를 찾지?

요행 중 다행
가방 속 한 구석에서
숨소리 지워진
내 얼굴이 생글 웃는다.
나는 나를 따라 비행기에 오르고

비행기는 하늘에 날다.
비즈너스 좌석에 않은 나에게
여승무원이 오찬 도시락을 챙겨주다.
향긋한 중식요리
식색성야(食色性也)라
배가 꼬르륵 반란을 한다
그런데 밥 먹을 용기가 없다.
아니, 자격이 없다
앞에 놓인 진수성찬이
내 것이 아니라는 생각이 들었다

나는 가방 속 나를 꺼내
애비 모시듯 공손히
밥상 위에 올려놓고
점심을 대접했다

분명, 나는
내 신분증이 수저를 드는 소리 들었다.

성인과의 대화
-곡부시 공자(孔子) 묘소에서

볼품없이 초라한
공자(孔子)묘소에서
2559년 전 성인과
핸드폰통화를 했네

바람에 실려 온

하 많은 세월이야기
진나라 분서갱유부터 시작해서
공화국부주석과 함께 끌려나와
혹독한 비판까지 받던
「비림비공(批林批孔)」 운동얘기도 했네

사실 나는 죽어서도
생과 사의 문턱을
너무너무 많이 넘었네
죽었다가는 살아나고
살았다가는 또 죽고…

불행 중 다행, 지금 세계엔
나의 사당과 공덕비가 총총
매일 향을 태우는 사람
수천수만을 헤아리고 있어
여비 한 푼 안 팔고
가끔 외국여행까지 다녀
나는 항상 즐겁고 행복하네

그런데 말일세
내 공덕비 앞
그 많은 사람들이
공덕에 대한 찬송보다는
돈 생기게 해달라
생남하게 해달라
명문대학 붙여달라고까지 하면서
두 손을 합장하고 소원성취 바라니
내가 언제 그런 신선이 되였는지 통 모르겠네
정말로 세상이란 아이러니하기도 하네

뚜뚜뚜~ 뚜뚜뚜~
뚜뚜뚜~ 뚜뚜뚜~

전화가 끊겼네
아마 성인이 사는
컴컴한 지하에는
신호가 좋지 않은가보네

파리 한마리

파리 한 미리 비행기에 앉았네
심양에서 연길까지 공짜여행을 하네
뛰는 놈 위에 나는 놈, 나는 놈 위에 또 나는 놈
나는 놈이 나는 놈의 뱃속에서 흥타령을 부르며
의자에 총총 박혀있는 인간을 조롱하네

파리 한 미리 비행기에 앉았네
곤충에서 인간에로 진화를 하네
오뉴월 땡볕에 밭김 맨 일이 없고
목이 쉬도록 사구려 한번 부른 적 없지만
양반이 되어 호화롭게 영화를 누리네

-징그럽고 더러운 파리 한 마리

성형수술청구서

1

눈알 하나를 쑥 빼서
뒤통수에 박아주시구려
그리고 그 눈을
카멜레온의 눈처럼
빙글빙글 밖에서 돌아가게 해주시구려

2

귓바퀴는 뭉청 베어버리고
그 대신 큰 배풍기 달아주시구려
귓구멍은 그대로 놔두되
어구 바로 안에
작은 여과기(濾過器) 하나 설치해주시구려

3

입술은 썩둑 잘라버리고
입 구멍을 바늘귀만큼으로 줄여주시구려
이빨 안쪽에는 겹바자를 세우고
혓바닥에는 말을 세척할 수 있는
작은 세탁기 하나 설치해주시구려

사우나

원시림에 욕조 하는
화사한 꽃이었습니다
이슬이 구슬 지는
그늘 없는 향기였습니다

때 묻은
오늘을 헹구어
무지개로 바래웁니다.

햇빛이
쇠사슬에 묶이웠던
구석진 곳을
널마루에 걸어놓고
활-활-
볕 쪼임을 합니다

천지(天地)가 한마당인
밝은 세상
진실이 눈물짓습니다
뚝-뚝-
곰팡이가 떨어집니다

전병칠:
1949년 9월 길림성 화룡시 출생, 연변대학 조문학부 졸업,
다년간 문화기관에서 사업.
연변시인협회 회장, 연변작가협회 회원 ,
시집 「종려나무」 등 다수 출간. 정지용문학상 등 다수 수상.

엄마의 "밥 시" (외 4수)

□ 강효삼

밥상이란 단 두 글자의 시를 짓기 위해
살과 **뼈**를 우려 넣고 희생을 끓인 어머니는
다홍치마 첫날 색시 적부터 가마목에서
앞치마 두르고 솥뚜껑원고지에다
부지깽이란 까만 붓이
몇 십 몇 백 개 닳아 문지러질 때까지
보글보글 끓는 밥물의 정서를 비벼 넣어
우리 식솔 즐겨 읽는 밥이란 시를
쓰시고 또 쓰셨다

바깥일 부엌일에 손톱이 닳아빠진 어머니지만
노동의 힘듦보다 가난이 더 힘들어
때로 설익은 시를 쓰거나 쌀알보다 맹물을 더한
싱거운 시를 써야 할 때면 마치 자신의 잘못인 듯
허기진 가난의 몫 혼자 껴안고
달그락달그락 빈 밥그릇 긁는
철없는 어린것들 모지랑 숟갈질에
속이 타다 못해 재가 되었다.

실점이라도 베여 보태고 싶은

그래서 쌀독은 긁어도 바가지만은 긁지 않았다
식솔들에겐 술목이 휘도록 감투밥 올려놓고
자신은 몰래 찬물에 누룽지 말아 굶때우시며
예고 없이 들이닥친 무서운 흉년에도
밥 시 짓는 엄마 솜씨 일품이여서
그 몇 번 무사히 넘겼던가 험난한 보릿고개를

솥뚜껑 밀어 올리며 부글부글 끓던 밥물은
시를 쓰는 엄마의 벅찬 정열
보글보글 끓는 된장국은
시를 엮는 엄마의 뛰어난 재주
가마뚜껑 열 때 확 풍기며 코끝을 짜릿하게 하는
군침 도는 이팝 냄새와 오글거리는 찌개
정성과 재주를 함께 버물려 엮은 콩나물은 엄마의 밥 시
조미료 없어도 산해진미처럼 입맛 돋구는
우리 집안 가족 사랑의 명시였다

엄마의 시 맛에 우리 모두 폭 취해서
딩당동당 숟가락질 신나는 음악
밥이란 시를 읽고 밥이란 시를 읊으며
못난 새끼오리들 하늘 나는 기러기로 자랐으니

아, 아침 첫 해살 눈썹 뜰 때부터
저녁 등잔블 눈감을 때 까지
비가 오나 눈이 오나 바람이 부나
그 좁은 부엌에서 지구를 돌리며
물에 부풀은 손마디 특특 거북등처럼 갈라 터져도
오로지 밥이란 단 한 마디의 전통시만 고집하신.
당신이 진짜 우리 좋아하는 시인이었구려
주름가득 모성의 푸른 강물 흐르는…

나무가 쓴 문장

오늘 아침 동그란 잎 하나가
또 가벼이 지상에 몸을 눕힌다
잘 익힌 나무의 문장이다
낮게 엎드린 흙의 사상을 하늘의 주제로 길어 올리고
가지들의 줄거리로 복잡하게 엮어서
무수한 잎의 언어로 풍성하게 엮은 내용
만일 저 한 잎 한 잎의 잎들이
한 구절 한 구절 문장에 찍은 마침부호라면
나무는 얼마나 많은 문장을 품고 있는가

그리하여 수림(樹林)은
나무가 쓰는 대작들을
집성한 방대한 서림(书林)
산은 저 서림을 가득
진열해 놓은 신간 도서관
푸르싱싱한 영혼의 설렘으로
아름다운 미의 세계를 과시하며
글쓰기에 평생을 다 바치는 나무

그러나 아무리 혼신을 다해 쓴 글이지만
세월에 뒤져 낡아지면
나무는 미련 없이 훌훌 다 지워버리고
그 긴 한해 창작년보만 단 한 줄로
몸속 깊은 곳 폴더에 저장할 뿐
"유명하다" "저명하다" 따위
턱없이 쳐올리는 형용사는 외면하고
그저 처음 태어날 때 이 세상이 불러준
나무라는 고유한 자신의 그 한 이름만 적는다

콩나물에 뼈가 있다

밉던 곱던
한 울안에 모여 살수밖에 없는 것들이
가장 낮은 곳에 누워있지 않고
하얀 뼈들로 일어설 수 있는 것

콩나물에 뼈가 있다

날마다 쏟아 붓는 차디찬 소나기
못 견딜 듯 부르르 알몸을 떨지만
그때마다 환희로 맞받는 견딤이
뾰족뾰족 콩나물의 잔뼈로 눈 뜬다
그러나 이런 잔뼈들로는
바닥을 치며 일어설 수 없는 것

콩나물에 뼈가 있다

일어서야만 비로소 삶인 콩나물들
서로가 서로의 몸을 기대고 따뜻한 체온 나누면서
서로 격려하고 사랑하는 그 힘 그 의지가
서로를 밀어 올려 서 있게 하는 통뼈로 작용한다

아, 콩나물에 뼈가 있다

비도 바람도 헝클지 못 하는
빽빽한 뼈들의 숲
뭉치면 강해진다는 도리를
몸으로 일으켜 세운다

계단

계단은 층집의 심장이다
아무도 오르지 않을 때는
박동이 뚝 멎어 있다가
누군가 심폐소생술을 해주듯
계단을 꾹꾹 밟으면
그 시각부터 다시 멈췄던 맥박이 쿵쿵 뛴다.

계단은 또한
발로 꾹꾹 연주하는 악기의 건반들
오르고 내리는 발걸음의 탄주에 쫓아
때로는 요란하게 때로는 단조롭게
날마다 삶의 선율을 연주한다

한 계단이 한 계단을 어깨로 밀어 올려
우로 우로 오르면서
수많은 계단으로 늘어나는 층집의 계단은
매일같이 늘이고 줄임을 되풀이하며
사는 날까지 풀고 감으며
풀어가는 내 인생의 수학풀이
언제까지 오르고 내리고 할 수 있을까

나의 나이도 계단이 된다
한 계단 또 한 계단 짚고 오르듯이
한살 한살을 짚고 어디가 끝인 줄도 모르고
사는 날까지 서서히 올라가는 생활의 층계
오를 수는 있으나 내릴 수는 없는 계단

반지

정교한 곽 안에 편히 누워있는
앙증맞은 반지
반지는 하나의 마침부호다
프러포즈와 함께
연인의 미쁜 손마디에 꼭 맞춰주면
길었던 짧았던 연애의 과정은 끝났다는
금빛 반짝이는 햇살의 신호

그러나 마침부호라 하여
사랑이 죄다 완성된 것 아니기에
동그란 반지는
동그란 바퀴가 된다
결혼생활이란 길고 먼 삶의 길에
가정이란 가볍지 않은 수레를
가시밭길이든 진창길이든 멈춤 없이
인생의 끝까지 굴리어갈
작으나 단단한 금빛 외바퀴

강효삼(姜孝三): 필명 효문,
1943년 3월 27 일 흑룡강성 연수현에서 출생.연변대학조선어문학부 졸업.
다년간 교육사업, 문화사업에 종사.
동시집「봄비」, 성인시집 「먼 훗날 저 하늘너머」, 「초불엔 재가 없다」출간.
연변작가협회 회원, 흑룡강작가협회 회원, 중국소수민족문학회 회원.
백두아동문학상, 윤동주문학상 등 수상 다수.

꽃의 언어 (외 4수)

□ 이임원

꽃의 언어는
무지개보다 더욱 빛나는 것

선화야, 경이야
우리가 불러줄 때
꽃은 아침에 피는 신선한 몸짓으로
그리고 밝은 모습으로 대답해주고
백일홍, 방울꽃, 아이꽃…
하고
이름 지어주면
비에 젖지 않은 이만이 듣게
구겨지지 않은 마음만이 받게
대답을 한다

꽃의 언어는
수정보다 더욱 순수한 것.

형님, 교수님, 국장님…
하는 직함이 하나도 없이
프랑스어, 라틴어, 영어, 일본어…

하는 계선이 없이
꽃의 언어는 숨 쉬고 있다

꽃의 언어는
꽃만이 서로 통하고

서로서로 사랑하고
서로서로 슬픔을 위로할 줄 알고
꽃의 언어는
또
한두 돌이 되는 아이들만이 듣는
옥구슬 같은
소리 나는 말이다.

제비꽃

작은 꽃이지만
지조가 얼마나 높은지
제비꽃을 보면 안다
이른 봄
진달래보다 일찍 피어나
심산계곡 실개천이 풀릴 때면
보습날 싣고 가는 달구지 수레바퀴에
맨 먼저 밟히운다

후둑후둑 빗방울
꽃샘이 오면
조용히 숨을 죽이고

순한 양같이
성질도 양순하다

봄에는
서로가 의지하며 하얗게 피어나는
고깔제비꽃,
여름에는 온종일 해가 들지 않는 할머님의 뒷간
처마 밑에 쪼크리고 피여도
섭섭하지 않은 노랑제비꽃

알록달록 제비꽃은 연분홍이요
낚시제비꽃은 하얀 꽃이라
늦가을 서리 내릴 적에는
유벽한 곳에 연보랏빛으로 옷 갈아입고
농부가 쉬여가는 밭머리에는
남산제비꽃이 있다.

제비꽃은 계절초지만
계절을 시기하지 않고
언제나 하나같이 따뜻하고 다정스럽다

제비꽃이 없는 봄 땅은
얼마나 추우랴.

천년송
—연길 소화룡골에서

세 그루 천년송 아래 서면

오래오래 그 발밑에 머물고 싶어진다

마주보는 성자산성
천년의 알을 품고
산성에는 울림이 떠나지 않고 있는데

해란강과 부르하통강이 오누이처럼 마중하고
나의 할아버지의 할아버지 옛 할아버지가
저 산 아래 오늘도
대통 들고 앉아 장기 두시니

하늘은 열리고
청운이 날으고...

어찌할 수가 없노라
푸르고 흰 물살이
가슴을 열고
쭈-욱 기지개를 켜심은.

치마저고리

꼬-옹, 꼬-옹 숨어라
오래오래 숨어라
어린 시절
순이랑 뛰놀던 소꿉놀이였는데

나 모르는 사이

계절은 강물과 함께 수십 번 흘러갔고
순이는 오랜 세월
오늘까지도 숨어서 피웠다
부풀대로 부푼 가슴속에는
초록의 피어나는 꿈

연분홍 빛깔이
순이의 아지랑이 피워 올리고
흰 치마고름이
무궁화 같은 맘을 내공으로 쌓아올리고 있으니

순이야,
오늘도 너의 물이 난 흰 치맛자락이
모락모락
또 한 봄을 피워 올리고 있구나.

고향집

시는 나를 이끌고
연길 남산 모아산 언덕길로
오르자고 한다

하얀 햇살이 머무는 곳
나의 옛 달래동 고향집이
그대로
나를 붙잡고 놓지를 않는다

세월은 흐르는 구름처럼 흘러 흘러 갔건만

나의 옛 고향은 오늘도 봉창문 닫고서
오롯이 기다리고 있다

수십여 년 도시에서
헐레벌떡 동분서주하던 걸음 멈추고
옛 사립문 살며시 밀으니
엄마,
계시다

리임원:
1958년 연길 출생. 연변대학 사범학원 졸업. 연변 작가협회 부주석 력임.
연변일보사 편집국장. 연변문화예술연구소 소장 력임.
지용시문학상, 연변조선족자치주 인민정부 "진달래" 문예상 등 수상 다수.
시집「작은 시 한수로 사랑한다는 것은」등 출간 다수.
서정시「진달래」등 3수. 중국조선족중학교「조선어문」교과서에 수록.

진달래·2 (외 4수)

□ 이상학

한입두입 한겨울 씹고 씹어
빨갛게 언 입술

동이에 담아온 봄소식
산중턱에 걸어두고

봄을 불러들이는 한마당 굿
흥겨운 아리랑 선율

다시금 물동이 이고
햇빛 길러 떠나는 다홍치마

구불구불 비탈길 오르며
또 한 고개 넘어 간다

진달래·3

봄마다 피어나는

빨간 욕망 하나

이루지 못한 아픔
향기만은 여전한데
잊었던 아름다운 염원
붉은 핏빛으로 몽우리 지는가

잊을 수 없는 그날의 그 이야기
세월의 바람결에 흘러갔어도
진정 그 정만은 아직도 살아
봄이면 돌 틈 헤치고
빨간 분수로 솟아 피는가

청산에 울리는 빨간 종소리
봄을 부른다

매화

얼굴이 달아오른 시월
찬바람 실어다 곳곳에 부린다

파란 사랑의 밀어들
한잎 두잎 감기를 앓는다

펑펑 쏟아지는 하얀 잔소리
소용돌이로 다가와
몸과 혼을 빨래질 한다

몇 마리 새들이 날아와
데모를 하다가

공기 속으로 자취를 감춘다

사랑의 우물 속에서 길어 올린
빨간 눈물들
가지에 앉아 아픔을 말린다

마늘

마늘을 보면
어머니가 생각난다

사랑의 손에 뜯기워
한 쪽각 마늘이 된 당신

그리움 세워서
울바자 두르고
고독을 뒤번져
밭고랑 내시고

사랑의 팻말 단 텃밭에
한 쪼각 자신을 심어
여린 싹 하나 손에 든 채
세상을 살아온 당신

당신은 검은 흙으로 사라졌지만
당신이 계셨던 곳에는
오붓한 둥근달 살고 있다

마늘을 보면
어머니가 그리워진다

삼계탕

옷을 벗었다
알몸이다

티끌만한 욕심도
가슴 열고 싹 버렸다

뼛속까지 우리고 우려낸
눈부신 육체의 향기

모든 것을 바쳐야 할
뜨거운 순간이다

두 다리 곱게 포개고
당신에게 맛있게 가고픈 맘
빨간 바램으로 동동 떠있다

리상학:
1962년 출생. 중앙민족대학 졸업
연변작가협회 회원
제1회 동삼성(북경)조선문신문잡지 우수 주필상 수상.
「길림신문」 제4회 "두만강"문학상 시본상 수상.
現 「도라지」 잡지사 주필

◎ 다른 풍경선 ◎

꽃보기 (외 4수)

□ 이호원

지평을 뚫은 강력한 텔레파시
형태와 칼라는 수단으로 나부낀다

뿌리의 진실을 얼굴에 동이고
바람을 가르는 성난 향기
무수한 벌떼를 까맣게 엄살해온다

꽃을 두고도 채집능력을 잃은 나
몸을 틀라는 뿌리의 전갈이 들려온다

망상

번식의 충분한 이유와 하모니는
격렬한 해골의 섹스에서 울려오지

죽음이란 그냥 에너지의 종식일뿐
연륜은 다만 줄 그어놓은 표식이야

싱거운 시간의 개념을 겁탈할 땐
나는 아인슈타인의 라이벌로 진화하지

굶주림보다 빛나는 해골의 안구처럼
망상의 눈빛은 착각으로 노이로제되지

방황·3

생령은 훼멸을 위해
폐허를 허덕이며 재생을 갈망한다
사상만큼 깊은 관능의 숨소리와
주검처럼 착한 저온의 아집으로
보다 고상한 자멸을 위해
번식의 터널을 뚫고 있다

존재란 헐떡임에서 각인되고
관능이란 사상의 사생아였다는 것을
주검처럼 대바르고 아집처럼 강한
관념을 뚫는 집착의 비명소리
생령은 훼멸을 위해
번식의 관성을 갊고 있다

별무리

어머니는 분명 강 따라 가셨는데

나는 별 헤는 하늘에 지칩니다

서러워 그리워 목놓아 부르면
어머니 눈망울로 슴뻑이는 별무리

어머니는 분명 居틈으로 가셨는데
나는 별의 고향에 오열합니다

애절해 보고파 허공을 찢으면
어머니 눈물로 쏟아지는 별무리

어머니는 분명 마음에 계시는데
별무리 빗줄기 되어 가슴을 적셔옵니다

새·2

새의 몸에는
수억 년의 계승과 질서가 베여있다

빛을 나르다 익은 날개에는
바람의 신앙과 세습이 묻어있고

바람의 허파를 쪼던 부리는
생존의 저주와 허탈에 절어있다

날아야 한다는 것과 쪼아야 한다는 것은
생의 갈망을 잊기 위한 존엄의 최면이거늘

날다 접은 욕망을 위해
가문을 잊은 절망을 위해

새의 몸에는
수억 년의 계승과 질서가 베여있다

리호원

1966년 1월 29일생, 연변대학 현대조선문학 본과독학 전공
선후로 교원, 군인, 회사원 력임.
現 「송화강」잡지 주필.
시집 「그리워서, 잊고 싶어」, 취재문선 「역마가 끌어낸 별들의 이야기」 출간.

조선기행시 한 묶음

□ 윤청남

평양냉면

다시 봐도 싫지 않을 도보다리
보리밭
하지머리 저녁 놀
밀과 메밀이 주역인 얕은 물에
현(絃)을 뜯어 만든 선율
달빛에 무리를 거느린 괴물
저고리 고름이 소매와 깃 사이
순한 어깨를 으쓱하게 했다
풀밭 가르고 넘어간
코신 끝에 놀놀한 한 장의 밀서도
육수에 질박한 그런 풍미 아닐까
젖내 나는 흰 손에 여린
꽃가지
마른 논에 숭얼숭얼 굴러드는 물

대동강

열두 삼천리 광야를 누비며 달려와
평양성을 섬기는
가난할 때 가난한 줄 모르고
일어버린 행복
어디엔가는 남아
지워지지 않기를 바랐던 그림
미림이란 곳에서 온다기에
너에게 그곳은 어떤 둥질까 싶었고
나는 내가 흘려버린 산야에
이슬이 되어 반짝이는 유년을
그리워했다
서해를 향한 느슨한 날개
나는 평양에서
멀어진 세월의 시간 속을 굽이치는
너의 숨결을 느끼고 있었다

서해갑문

숯불위에서 해물을 밀어낸
흰 살에 가시가
안주로 자리를 굳히는 데는
천년 세월이 흘렀다만
진리가 품는 의미는
공간의 크기를 떠나서 존재한다
작게 열린들 어던가

4월을 드는 봄이라고 인정할 때
보슬비가 지니는 무게는
시작이라는 데 있었다

향산 일기

세상 안팎일에 걱정 잦은 사람 일러
문객이라 했던고
작별의 시점이 너에게로 다시 가는 시작임을
알면서도

진열장(陳列檻) 밖의 세상은 어떤 구조로
되였을까
황금으로 주조된 열쇠 앞에서

불과한 겉치레 귀족 같아 아니 보일 수
있었겠냐만
안은 저쪽 굳은 날 연못에 슬픈 새 되어

어디서 보내온 선물인지
저 열쇄로 무엇이든 열수 있다면 얼마나 좋을까

평양인상

침엽이 자랑하는 미끈한 대

어디가 달라도 다르다는 느낌을
갖게 했다
무엇인가 숨겼다면 이음매 고운
마디를 연상하게 했고
보이는 것이 전부라면 무엇이
다를까 싶었다
지하철이 가뿐 하루를 숨 쉬고
택시가 굴뚝 없는 거리에서
앞서가는 그림자를 쫓고 있었다
혹자는 무엇인가 비워야 한다면
대는 가지지 않고 탄탄했다
놀랍다는 생각도 잠시
새내기 처녀들 무드 있게 젖히는
저 맥주잔
그곳 물에서도 갈 것은 가고 올 것은
오고 있었다

열두 삼천리 벌

산은 물이 되어 잠들고
평원은 등불 밑에 임 찾아 멀리
뜰을 비워놓고 있었다

나라의 자본 백성의 밑천
신이 내려준 선물

남에 호남벌이 있다면
북에는 열두 삼천리

신의주에서 평양
평양에서 남포항을 지나
서해갑문에 이르기까지

조만간 먹고 남을 낟알이
드리운 저고리 팔꿈치에 두둑한 흙같이
흥야라붕야라
흥알이 풀어지게 춤출
열두 삼천리

아아. 조선에는
조선보다 너르고 우묵한 벌이 있었다

윤청남:
1959년 6월 22일 출생. 現 중국 길림성 도문시 거주.
시집 「당신이 떠나고 돌아오는 봄」, 「백자기에 난초꽃」,
「갈밭에 바람 자면 갈대는 일어서서」, 출간
연변문학 윤동주문학상, 연변정지용시문학상 등 수상 다수.

봄을 세일합니다 (외 5수)

□ 김경애

겨우내 눅눅해진 잠을
꽃샘추위에 걸어두고
봄을 세일합니다

난무하는 쿠폰과 전단지에
시장통은 여전히 체증으로 신음하고
봄을 사러 나선 사람들로 북적입니다

냉이 한 소쿠리 담아 갈까요
진달래꽃 한 다발 사다 드릴까요
아니면 봄볕을 한 자락 훔쳐 갈까요

늙은 호박과 미꾸라지 달인 물은
어머님 침상 옆에서 식어갑니다
내년에도 봄을 세일할지 모르겠습니다

무아지경

쏘아올린 세월을 잡아보려고
포물선만 무작정 따라왔다

한 장 한 장 떨어지는 달력이
이슬에 젖고 한숨에 마른다

벌거벗은 나무의 머리채 휘어잡고
빨간 소원 하나 댕그러니 매달려있다

첫눈이 소리 없이 펑펑 울면
시리다 못 해 그대로 얼어버리겠지

두 팔 벌려 하늘을 안아본다
바람이 금세 잠이 든다

가진 듯 안 가진 듯
우는 듯 웃는 듯

끝도 없는 이야기

서산은 이리저리 눈치만 보다가
말없이
태양을 꿀꺽 삼키고
급기야 어둠을 토해버린다
가로등이 눈을 슴벅이며

골목을 다시 핥는데
축 처진 어깨 길게 늘어뜨리고
자신을 밟아보려 안간힘을 쓴다
쫓다가 쫓기다가 쫓으며
투덜투덜 거리는 낡은 구두
구멍 난 양말을 세탁기에 구겨 넣고
억지웃음을 철판 위에 깔아본다
간지럼 타며 돌아눕는 삼겹살에
소주 한잔 입에 털어 넣고
임이라고 생긴 임은 모조리 씹는다
달님이 담장 밖에서 귀 기울이다가
한잠 푹 자고 일어나면
난 아르바이트 가서 없을 거라고
대타로 해님이 올 거라고

달

매일 밤
산통을 겪으며
새벽을 낳는다

해쓱해진 반쪽 얼굴을
빠끔히 내밀었다 사라진다
아스라이 구름에 가려진
주근깨와 다크써클

밤새 해를 품어 식혀주느라
한숨도 못 잤나 보다

중독

기척소리에 문을 열자
찬바람만 쌩하니 들어왔다

늦은 밤 눈팅으로 만난 사이지만
빨리 만나보고 싶고
내꺼 만들고 싶다
남들이 뭐라 해도 난 상관없어
너만 내꺼 된다면

야금야금 내 통장 파먹으며
어서 오너라, 내게로

갱년기 된장찌개

데굴데굴 굴러가는
멍들은 잡념들은
고집으로 묶어와
숭숭 썰어 넣고

갈아 만든 손두부와
앙증맞은 애호박은
잔소리로 토막 내고
바지락도 한 줌 넣었다

부글부글 끓여서

179

어디 맛 좀 볼까나
이런 된장,
된장 없는 된장찌개

김경애:

재한동포문인협회 공동회장. 한국문예·한국시사랑문학회 부회장.
한국국보문인협회 공동사무국장. 한국문인협회 정회원.
한국국보문학 수필.시부문 신인상 등 수상 다수.
동인문집《내 마음의 숲》편집부국장, 추진위원 역임.

「복합상징시」라는
중국조선족시단의 이색 풍경선

-중국조선족복합상징시동인회 김현순 회장을 만나서

□ 주성화 (해란강닷컴 주간)

우리는 지금 인터넷이란 가상시대에 살고 있다. 예술혁명이 역사 변혁의 정치적, 사회적 원인과 기술적 비탕을 기본요소로 하고 있음은 주지하는 사실이다. 사진기와 녹음기의 출현은 회화의 기본기능을 확 뒤집어 놓아 복제와 옮김은 더는 회화의 보편적 가치로 인정되지 않았다. 피체물과 똑 같은 그림을 그리려면 회화 보다는 사진기가 더 훌륭했기 때문이다. 그러니 회화는 사진기가 할 수 없는 이색적 기능을 찾아야만 했던 것이다. 이것이 예술의 아방가르드 Avant-garde 또는 전위주의시대를 불러온 것이다.

이전의 사진기는 필름이란 보이는 매개를 통하여 영상을 재현했던 것이다. 하지만 디지털시대 우리는 보이지 않는 디지털공간에 화면을 저장하고 재현하고 있다. 새로운 "물질"에 의한 또 한 차례의 혁명인 것이다. 디지털시대 보이지 않는, 그리고 느낄 수 없는 가상공간假象空间 또는 허무공간(虛拟空间)의 기술적 혁명은 현유의 예술창작에 영향을 미칠 수 있는 것은 아닌가? 그렇다면 어떤 형식으로, 어떠한 영향을 미칠 수 있을까?

인터뷰를 받고있는
중국조선족복합상징시동인회
김현순 회장.

　자그마한 변방 시골 연길에서 지난 2021년 7월 24일, 문단으로
말하면 크지 않지만 절대로 홀시할 수 없는, 그냥 스쳐지나가기에는
너무나도 아쉬운 모임이 조용히 마무리 되었다. 많은 문인들마저 처
음으로　듣는 중국조선족복합상징시동인회라는　동아리에서　제1회
「시몽(诗梦)」 문학상 시상식과 제1회 복합상징시 시화전을 펼친 것
이다. 「시몽」은 중국조선족복합상징시동인회의 동인지이다. 글자 그
대로 시를 꿈꾸는, 또는 꿈꾸는 시라는 뜻이다.

지난 7월 24일 있은 "우리네 문학대잔치" 기념촬영.
그번의 행사는 연변조선족자치주조선족아동문학학회, 조선족복합상징시동인회 공동주최로 연길시 한성호텔에서 있었다.

이 동인회는 2019년 8월 31일 연길에서 새롭게 탄생을 고한 시문학의 새 유파로서 김현순 시인을 중심으로, 20여 명 시애호가들이 최초로 참여하고 있다. 많은 멤버들은 40대 후반을 넘기고 있으며 시 창작경력이 전무하다 싶은 "초학자"들이며, 고로 설립 이래 꾸준한 활동을 이어 왔으며 시단 나아가 문단의 각광을 받지 못 하였고 오해와 부정의 눈초리도 가끔씩 받아왔다. 하지만 새로운 시 창작 영역을 개척하고 시 창작방법을 주장하면서 세상 처음으로 「복합상징시」라는 개념을 제기하고 또 나름대로 이론적 토대라고 말할 수 있는 「복합상징시론」(김현순, 한국학술정보출판사. 2020.12) 출간함으로써 현유의 부족점을 인정하면서도 자신들이 주장하고 있는 완미한 예술적 접근의 노력을 아끼지 않고 있다.

중국조선족복합상징시동인회 창립맴버 기념촬영(2019.08)

김현순 시인은 "복합상징시는 열린 글로벌시대 미래지향적 삶을 갈구하는 지성인시대에 새롭게 출범한 세계적 신시혁명의 새로운 유파입니다."라고 소개하고 있다. 나아가 "복합상징시는 초현실주의 상징주의 계열의 시로서 대중문화와는 구별되는, 의식과 무의식의 세계에서 영혼의 질서를 찾아 상징의 조형물을 조각해내는 소수의 지성인들을 상대로 하는 신형 유파의 산물로서 그 이론적 기초는 구조론과 상태론과 인지론, 진화론, 해체론에 두고 있다"고 해석을 가하고 있다.

지난 20세기 예술혁명은 이성적으로 현실을 표현하고 찬미하는, "복제"를 특징으로 하는 전통적 예술과 그 가치에 반기를 들면서 비이성적, 반도덕적, 그리고 비심미적인 것을 추구하고 찬미하는 새로운 예술창작이 회화, 음악, 문학 등 다양한 분야에서 다양한 예술운동으로 퍼져나갔다. 이러한 운동의 주요 유파들로 표현주의, 입체주의, 미래주의, 다다이즘dadaism 그리고 초현실주의 등으로 분류, 지목하고 있다.

중국조선족복합상징시동인회 김현순 회장

중국조선족복합상징시동인회의 주요활동은 새롭게 정립한 "복합상징시"에 대한 학습부터 시작되었다. 김현순 시인의 강의를 통하여 함께 복합상징시를 연구하고, 또 습작에 대하여 토론하고 수정하면서 창작과 학습을 병행하여 나갔다. 이러한 활동은 주일마다 진행되었으며, 동인회 멤버들의 일상의 주요 생활 형태로 자리 잡아갔다.

"물질과 현실을 초탈한 의식과 무의식의 영역에서 상징의 공간이 부단히 확장되면서 그에 동조하는 예술의 발전도 다차원, 다각도의 형태로 거듭나고 있다"고 설명하면서 "이러한 시점에서 인간 영혼의 새로운 경지구축을 위하여 새롭게 대두한 것이 복합상징시이다"라고 하면서 김현순시인은 복합상징시 탄생의 필요성을 주장하고 있다.

오늘날 인터넷혁명으로 인한 디지털 가상공간의 출현과 일상에서의 보급은 우리가 가상세계(假象世界) 또는 허무세계(虛擬世界)를 인정하고 인지할 수 있다는 의식에 대한 기술적 포인트를 제공한 것이다. 이에 따라 인간에 대한 비이성에 관한 관심, 나아가 잠재의식 영역에로의 확장, 지금은 잠재의식 영역을 초월한 환각, 무의식에로의 진입은 오늘날 복합이미지의 영역으로 굳혀지고 있는 것이다. 지금은 단순히 유물주의와 유심주의적 이분론으로 사물을 바라볼 시대가 아닌 것이다. 물질에 대한 정의가 변화되고 있기 때문이다.

중국조선족복합상징시동인회는 동인지 "시몽"을 출간하고 있다. 이미 4기를 출판하였으며 이론, 평론, 작품, 기획조명 등 다양한 코너를 설치하고 있다. 그리고 제1회 "시몽" 문학상 수상작에 정두민 씨의 시집 "어둠의 색깔"이 당선되었다.

김현순 시인은 "복합상징시는 초현실주의 상징주의 계열에 속한다."고 주장하면서 이들의 공통적인 미적 특징인 시적 언어의 혁신, 이미지의 변형, 내재적 연계성에 기한 새로운 감각 지향 등을 누차 강조하고 있었다.

복합상징시의 창작기법은 무에서 창조된 것이 아니라 아방가르드 문예사조가 제창하던 창작과 표현 방식을 완벽하게 계승하고 있으며 나아가 단순한 표현을 위한 표현의 나열을 떠나서 내재적 연계와 유기적 결합을 통한 서정과 미의 결합을 강조하고 있다.

위 동아리는 복합상징시 시리즈로 회원들 작품을 출간하고 있다. 방산옥 양의 첫 복합상징시집 "仁 + 情"(한국학술정보(주), 2019)을 시작하여 오늘까지 이미 16권 회원 시집이 출간되었다. 이러한 시집은 동인지 "시몽"과 함께 한국의 서점에서 판매되고 있으며 각 도서관과 대학교에서 쉽게 찾아 볼 수 있게 되었다.

제1회 시몽문학상 수상시 정두민 씨(왼3).

당선작은 시집 "어둠의 색깔"이다. 배경은 본 동아리 회원들이 출간한 시집, 시몽 잡지 표지이다.

연변시인협회 전병칠 회장은 "조선족시단에는 여러 차례의 창작에 관한 주목할 만한 토론이 있었다. 20세기 80년대 중반을 계기로 정몽호, 한춘, 김파 등 시인을 위주로 입체시에 대한 토론과 더불어 김파 씨가 '입체시론'을 출간하였고, 2010년대 초반에 최룡관 씨가 하이퍼시를 주창, '하이퍼시창작론'을 내놓았다. 이들은 모두 해외에 있던 창작사조를 연변에 접목시켰다는 역할을 하였다면 김현순의 복합상징시는 새로운 시적 개념을 정립하는 작업으로서 그 의미가 상당하며 "복합상징시론"출간은 그러한 차원에서 개척성적인 의미가 부여될 것이다. 위 세 차례의 시창작 관련 붐은 학자가 아닌 시인들의 손에서 시작되었다는 점 역시 특기할만한 것이다."고 평했다.

시인 박장길 씨는 "시의 대상물이 기억의 장치에서 가상세계, 영혼세계로의 상승은 시창작의 거대한 변혁이며 이는 시의 본질에 한 발 더 가까이 다가서는 계기가 될 것이다."고 복합상징시에 깊은 의미를 부여하고 있다.

중국조선족복합상징시동인회 멤버들이 활동 모습

김현순 시인은 "내심에서 일어나는 정서의 팽창에서 환각을 통한 가상세계의 질서를 잡기에 피 타는 노력을 기울여 왔다"고 자평하고 나서 "이제 머지 않는 장래에 복합상징시에 대한 연구의 붐이 일 것이며 복합상징시와 그 작품에 대한 연구논문들도 육속 출범하게 될 것입니다. 복합상징시연구를 테마로 한 국제상징시연구세미나도 조만간에 개최될 것으로 지목되고 있습니다."고 밝혔다.

복합상징시는 한국에서도 연구되고 있는 창작과제로 알려져 있다.

"시를 쓴다는 것은 육안이 쓰는 것도 아니요. 심장이 쓰는 것도 아니며 영혼의 소리를 그림으로 펼쳐 보이는 것이리라"고 김현순 시인은 적고 있다.

색이 있고 소리가 있고 율동이 있고 미가 있는 그림을 다시 한 번 간직해 본다.

‖ 인터뷰 ‖

이미지의 변형요령과
선율의 흐름에 따른 연결고리

때: 2021년 11월 5일
장소: 「詩夢」文學誌 사무실

인물: 김현순―주간, 발행인 (이하 약칭 현)
　　　윤옥자―편집위원 (이하 약칭 윤)
　　　이순희―편집위원 (이하 약칭 순)
　　　김소연―편집위원 (이하 약칭 연)
　　　정두민―편집위원 (이하 약칭 두)
　　　류송미―사무간사 (이하 약칭 류)

기록: 裸木悅

현: 여러분, 다망하신 와중에도 모처럼 이렇게 자리를 함께 할 수 있게 되어 기쁩니다.

△. 서로 인사수작에 바쁘다.

현: 우리가 복합상징시라는 새로운 술어로 詩영역에서 열심히 뛰어온 지도 어언 삼년 철에 들어서는 이 시점에서 지나온 나날들을 점점해보면서 구경 우리 詩창작에서 분명히 짚고나가야 할 점들이 무엇일까 생각해보았습니다. 초현실주의 시의 한 갈래인 복합상징시 창작에서 부딪치는 문제들이 한두 가지만은 아닌 점을 감안하면서 오늘은 「이미지 변형요령과 선율의 흐름에 따른 연결고리」라는 테마로 對談式 인터뷰를 가져보려고 합니다. 여러분들의 기탄없는 견해를 듣고 싶습니다.

순: 참 좋은 기회라고 생각합니다. 글잖아도 시를 쓰면서 변형의 구체기법에 대해서 많이 고민하고 있었습니다.

두: 오늘날 조선족시단에서는 변형에 대하여 반목하는 사람들이 많다고 생각합니다. 아직도 변형이 왜서 필요한가 하는 의문을 가지고 시를 쓰는 사람들도 적지 않다는 현실이 슬프게 느껴집니다.

윤: 모든 예술은 변형이 예술이 아닐까요. 현실 그대로의 스캔내지 발설은 예술이 아니라고 생각됩니다. 인간이란 한 개 모식에 오래 머물게 되면 질변내지 탈변을 꾀하게 되며 그로부터 변형의 작업이 스타트를 떼게 되는 것이 아닐까요.

류: 네, 저도 그렇게 생각합니다만 이런 상식적인 문제를 두고 거론한다는 자체가 식상한 일이라고 느껴져요. 井底之蛙라는 말이 있지요. 우물 밖을 뛰쳐나와 봐야 대천세계를 알 수 있듯이 조선족시단의 현황은 안타까운 점도 더러 있다고 봐요.

연: 저, 여러분, 그래서 하는 말인데요. 이런 지엽적인 이야기는 뒤로 미루고 변형이란 무엇인가 하는 것부터 똑 부러지게 얘기해주셨으면 합니다.

윤: 변형이란 말 그대로 형태의 변형이란 말이 아닐까요. 형태란 모습이나 상태란 말이 되기도 하지요. 그러므로 모습이나 상태를 바꾸는 것을 변형이라고 해도 되겠지요. 시에서의 변형은 상관물을 토대로 한 이미지의 변형이라고 봅니다.

순: 그런데 말이죠. 김현순회장님의 시론에 따르면 詩창작에서 규정어, 상태부사, 수식, 해석 따위를 극력 자제하고 골격 추려내기를 하라고 하는데 이렇게 하면 나중에 화자의 말하고자 하는 것을 죄다 거세해버린, 맨 가지만 남아있게 되는 게 아닐까요? 이렇게 해도 되는 건지 알고 싶습니다.

두: 물론 시에서 美辭丽句는 거세해버리는 것이 맞다고 생각합니다. 미학에서도 공백과 여백의 미학이라는 게 있습니다. 화자가 하고 싶은 말 다 해놓고도 시름 놓이지 않아서 알락달락 꾸며놓으면 작품의 무게를 떨어뜨리는 역효과가 나타나지요. 물론 전혀 수식이나 해석을 절대 하지 말라는 건 아니지만 적중해야 되겠지요.

연: 저도 그렇게 생각합니다. 그러나 변형이란 말 그대로 모습을 변형시키는 것이라 할 때 그 모습에 대한 描術을 하려면 부득불 규정어, 상태부사와 같은 수식, 해석은 피면하기 어려운 것 같아요.

현: 여기에 대해선 제가 이야기 좀 해보겠습니다. 앞에서 말씀 주신 여러분들의 견해에도 일리는 있겠습니다만 변형이라 할 때 우선 변형의 진정한 함의를 잘 터득해야 한다고 봅니다. 변형이란 광의적 의미에서의 대명사라고 보셔야 할 것입니다.

단지 모습이나 상태의 변형뿐이 아니라 이미지가 가지고 있는 속성의 질적 변화가 더욱 핵심적인 요인으로 되어야 한다고 생각합니다.

쉽게 말씀 드린다면 우리는 한 사람을 평가할 때 「저 사람이 변했어」라는 말을 듣게 될 때가 많습니다. 여기서 잠깐, 「사람이 변했다」는 것은 그 사람의 옷매무새거나 치장을 새롭게 달리 하였다고 해서 말하는 것이 아니라 그 사람 됨됨이에 변화가 일어났음을 알 수가 있습니다.

이러고 볼 때 변형이란 외연보나 내함의 변형이 더욱 핵심적인 것임을 알 수가 있을 것입니다.

여기서 또 잠깐, 됨됨이가 변해버렸다는 것은 무엇을 통하여 알 수가 있을까요.

연: 그야 당연지사지요. 그 사람의 언행을 통하여 나타나지요.

현: 정답입니다. 바로 그 사람의 언행입니다. 이렇듯 「사람이 변했다」는 것은 그 사람의 외표적 변화를 두고 말하는 것보다 됨됨이의 변화에 90프로 이상의 역점을 두고 말하는 것입니다.

순: 듣고 보니 정말 그렇습니다.

현: 하므로 우리는 변형에서의 치중점을 이미지의 모양에 두는 것을 극력 자제해야 합니다. 이는 필연코 수식, 규정, 해설을 동반한 규정어, 상태부사 따위를 최대한 극복해야 한다는 설법을 제기하게 되기도 하지요. 그러므로 이미지 변형에서 우리는 이미지의 모양새보다도 그 움직임에 최대한 마력을 걸어야 하는 것입니다. 즉 다시 말해서 시에서의 변형은 이미지 움직임의 변형을 실현하라는 것이 되겠지요.

윤: 참 지당한 말씀이라고 동감을 표시합니다. 그리고 이미지변형은 가시화도 되어야 하잖아요. 그래서 추상적인 것은 감각적인 具

象으로 표현하라는 말도 있고요...

두: 한 마디 더 보탠다면 그 가시화는 가급적 정적인 것을 동적인 것으로 표현하는 것이 더 효과적이라고 보아집니다. 우리가 살고 있는 우주 자체가 움직이고 있거든요. 생명은 움직임 속에 깃들어 있듯이 시문학이라는 예술도 하나의 생명체임을 감안해 본다고 할 때 말입죠.

연: 아, 그렇게 되네요. 저 본인이거나 이순희 시인님을 비롯해서 적지 않게는 변형이라면 그 상관물의 모양새를 괴상하게 변모시키는 데에 지나친 심혈을 기울였던 것 같아요. 상관물 즉 이미지의 움직임의 변형, 이 점을 잘 기억하겠습니다.

순: 같은 생각입니다.

윤: 그럼 이번엔 선율의 흐름과 연결고리에 대해서 좀 거론했으면 합니다만.

순: 저는 선율의 흐름이란 도대체 뭔지 요즘 자꾸 고민하고 있습니다. 물론 음악적 리듬의 흐름이라고 편하게 생각하기도 하지만 그것의 적절한 흐름새 장악이란 어떻게 해야 하는지 막연하기만 합니다.

류: 저도 마찬가지예요. 노래를 부르라면 곧잘 부르는데 나절로 새로운 선율 잡으라면 앞이 캄캄해냅니다. 이럴 땐 어떻게 해야 하는지요?

두: 허허… 그게 그렇게 쉽게 되는 일이라면 얼마나 좋겠습니까.

연: 저는 선율의 흐름새를 익숙히 익혀두기 위하여 시간만 나면 노래를 듣곤 합니다. 예전엔 음악에 대하여 그닥 매료되지는 않았었는데, 詩공부에 애착을 가지면서부터 의식적인 노력의 일과로

노래 또는 음악을 자주 듣고 있습니다.

윤: 저도 그렇게는 하고 있습니다만, 그래도 스스로 선율의 흐름새를 잡자면 잘 안됩니다. 큰일 났네요.

현: 네, 선율의 흐름새 장악을 위해서는 여러 가지 좋은 노래를 듣거나 음악을 청취하는 것이 필수(必需)로 되겠지요. 물론 그리 해야겠지만 그러면서도 그와 동조하여 함께 수련 거쳐야 할 것은 정서의 초점을 틀어쥐는 것입니다. 엉성한 정서의 마당에서 초점을 딱 틀어잡고 거기에 포인트를 맞추기만 하면 절반은 목적에 달성한 것이라고 해야겠지요.
그런 다음엔 정서의 팽창이라고 해야 할 것입니다. 이 세상 모든 생명체는 정감을 가지고 있습니다. 정감으로부터 분출되는 정서의 팽창은 기필코 그에 걸맞은 환각의 장면을 떠올리게 됩니다.

류: 그럼 고도로 되는 정서의 팽창이 환각을 불러올 때 그것을 두고 정감의 분출구가 열렸다고 해도 되지 않을까요?

정: 당연하지요. 그렇게 열린 분출구에선 수많은 환각적 이미지들이 무질서하게 분출되지요. 그런데 문제는 그런 환각적 이미지들 가운데서 어느 것을 선택하며 또 선택된 것들을 어떤 기준에 의항 배열시키는가 하는 게 문제지요. 그리고 배열된 환각적 이미지들은 어떻게 연결시켜야 하는가 하는 것이 문제라고 봅니다. 이에 대한 구체적 해석은 없을까요?

윤: 저도 한 가지 의문 되는 점이 있어요. 이미지흐름새에서 문맥의 흐름과 선율의 흐름새에 대한 구별에 대해서도 좀 말씀 주셨으면 합니다.

현: 네, 우선 정감의 산출되는 환각적 이미지들은 무질서하다는 말씀에 동감을 표시합니다. 인간은 그 허다한 환각 이미지들 가운데서 나름대로 자신의 맘에 드는 것들만 골라잡게 됩니다. 이때 우리는 적중치를 장악해야 합니다. 이미지를 너무 많이 골라도

안 되고 너무 적어도 곤란하지요. 흔히는 네댓 개를 중심으로 골라잡은 후 그것들을 정감의 색조에 맞게끔 변형을 거치게 됩니다. 그런 다음 그것을 문맥과 선율의 조화에 알맞게 시적구도에 따라 펼쳐 보이면 한수의 시가 탄생하게 되는 셈이지요.

여기에서 문맥의 조화를 쉽게 말씀드린다면 시를 소리 내어 읽어내려 갈 때 발음상 막힘이 없이 순탄하고 거창하며 부드럽고 윤색되어있는 것을 말한다고 할 수 있지요. 그러므로 시인은 시를 써놓고 수없이 읽어봄으로써 그 문맥의 순통함과 유창함에 조화를 이루기 위해 노력해야 합니다.

순: 그럼 선율의 흐름은 또 어떻게 이해하면 좋을까요?

현: 선율의 흐름이란 마음속에 굽이쳐 흘러가는 정서의 흐름새를 뜻하는데 마음의 선율은 누구나 다 가지고 있지요. 사람은 정감의 동물이라고 말했듯이 인간이란 세상과의 교감 속에서 정서의 파동이 일어납니다. 그 정서파동은 매초마다 연장으로 이어지면서 기복을 이루게 됩니다. 다시 그 기복의 흔적들을 살펴보면 고저장단으로 이루어졌음을 인식할 수 있습니다. 시를 쓸 땐 화자 자신의 정감선에 의하여 변형처리된 환각의 이미지를 펼쳐 보이면 되는데 글자와 시어와 시행, 단락의 배열은 정감선의 흐름에 복종하여야 한다는 것입니다. 이를 두고 선율의 흐름이라고 하게 되지요.

옥: 아, 그러고 보니 詩창작에서 리듬이라는 것이 결국 선율의 흐름인 것 같군요.

연: 저도 그런 느낌이 듭니다.

현: 맞습니다. 리듬이란 건 결국 선율의 흐름입니다. 구별되는 점이라면 리듬이란 유럽에서 건너온 말이고, 선율이란 중국의 한자어에서 건너온 말일 따름입니다. 국화꽃을 코스모스라고 하는 것과 같은 것이지요.

△. 다들 즐거움의 폭소.

현: 시에는 종류가 많습니다. 하지만 그 어떤 종류거나 유파의 시를

쓰든 간에 문맥의 흐름과 선율의 흐름의 조화는 유기적으로 잘 되어야 합니다. 이에 대한 능숙한 다룸새는 시를 쓰는 최저한도 의 기본이 되는 것이라고 봐야 하지요. 하지만 오늘날 조선족시 단에서는 재래식으로 글의 중심사상 즉 내함의 교대에만 급급해 하면서 시로써 반드시 갖추어야 할 기본상식을 망각 또는 홀시 하는 경우가 적지 않습니다.

시를 포함한 모든 예술은 내함의 발설보다 표현의 기교예술을 앞선 위치에 놓고 있기에 「예술은 곧 표현의 예술이다」라는 정 의도 내려지게 되는 것입니다.

다음은 연결고리인데, 연결고리란 이미지와 이미지 사이 또는 이념과 이념사이, 이념과 이미지사이를 이어주는 기본환절을 말 합니다. 이 연결고리는 고정불변한 것이 없으므로 부단히 탐구 되어야 참신성을 기할 수가 있습니다. 일반적으로 산문화된 문 장에서는 "그리고, 그러나, 그런데, 하지만, 그러므로…" 등 접 속사에 의하여 이루어지고 있는 것이 관례가 되어있습니다. 이 를테면 "겨울이 온다. 날씨가 추워진다."를 "겨울 오니 날씨가 추워진다"라고 한다면 여기에서 접속사에 해당되는 "어떻게 어 찌하니"는 연결고리가 되는 것입니다.

그러나 우리는 기성된 연결고리에만 매달리지 말고 새로운 모 식과 기법을 고안해내야 합니다. 필경 시 쓰는 일은 답습 아닌 창작이니깐요.

△. 박수소리.

두: 오늘 정말 많은 것을 배웠습니다. 이래서 살롱이란 게 좋은 모 임인가 봅니다. 금후에도 이런 모임을 그냥 지속적으로 이어지 리라 기대를 가져봅니다.

현: 당연하지요. 복합상징시라는 새로운 詩영역에서 줄기차게 달리 려면 우선 시란 무엇이며 시의 발전사와 시의 현황을 알아야 하 며 異次元을 열어가는 글로벌시대의 앞날에 대한 가늠을 연마하

는 능력도 갖추어야 합니다.

　오늘 우리는 복합상징시 창작에서 반드시 갖추어야 할 이미지 변형의 요령과 詩창작에서의 운율의 흐름새와 연결고리에 대한 인식을 심도 있게 분석하여 보았습니다. 오늘의 대화가 금후 여러분들의 시창작에 일정한 도움이 될 수 있었으면 기쁘게 생각하겠습니다.

일동: 김현순 회장님 오늘 참 수고 많으셨습니다. 감사합니다.

△. 일동 다시 인사수작에 분주하면서 對談式 인터뷰의 원만한 결속을 맞이한다.

편집후기

● 복합상징시가 詩領域에서 새로운 유파로 두각을 내밀면서부터 점차 그 영향력을 확장해가고 있다. 적지 않은 시인들이 묵묵히 복합상징시의 이론의 참조 밑에서 시의 혁신을 위하여 노력하고 있다. 조선족시단은 물론 한국, 일본에까지 그 영향력이 전파되고 있다는 사실이 동인 모두를 기쁘게 하고 있다.

● 드바쁜 일상에서도 詩心을 잃지 않고 끈질긴 의역으로 詩공부에 골몰해온 동인 여러분께 감사드리며 주옥편을 아낌없이 선물해주어 고맙다.

●「다른 풍경선」이라는 코너 개설 후 복합상징시와 다른 유파의 작품을 살펴보면서 여러 가지 詩 전반 유형에 대하여 진일보로 요해하고 인식하는 데 도움을 주어 좋더라는 반응들을 많이 접하고 있다.「다른 풍경선」에 옥고를 보내주신 최룡관, 전병칠, 이임원, 이상학, 이호원, 윤청남, 김경애 시인님께 허리 굽혀 감사드린다.

● 복합상징시는 詩라는 예술의 한 갈래로서 新詩革命의 사명을 짊어지고 있다. 하지만 아직까지는 탐구의 지속중이라 적지 않은 폐단과 부족함을 동반하고 있다. 초고속으로 내달리는 열린 글로벌시대에 걸맞은 찬란한 예술로 거듭나고자, 단지 조선족시단뿐이 아닌 국제적인 탐구의 장을 마련하기 위하여 국제적인 복합상징시연구세미나를 펼치려는 것이 금후 다년간의 꿈이 될 것이다.「상징의 숲 저 너머」라는 테마로 펼쳐질 아름다운 내일의 꿈을 위하여 기도를 드린다.

(주간 金賢舜)

198

디지털, 호흡도의 산란기

詩夢(2022년 통권 제5호)

초판인쇄 2022년 01월 16일
초판발행 2022년 01월 16일
지은이   중국 조선족복합상징시동인회
펴낸이   채종준
펴낸곳   한국학술정보㈜
주소   경기도 파주시 회동길 230(문발동)
전화   031) 908-3181(대표)
팩스   031) 908-3189
홈페이지 http://ebook.kstudy.com
전자우편 출판사업부 publish@kstudy.com
등록   제일산-115호(2000. 6. 19)
ISBN 979-11-6801-203-5 03810